中国文化精粹

古诗中的千古名句

◎品读沉淀千年的智慧结晶，感受古典文化的无穷魅力。

◎咏千古名句，明天地人间之理。

赵文彤——编著

中国华侨出版社
·北京·

图书在版编目（CIP）数据

中国文化精粹：古诗中的千古名句 / 赵文彤编著.
— 北京：中国华侨出版社，2019.6
ISBN 978-7-5113-7860-6

Ⅰ. ①中… Ⅱ. ①赵… Ⅲ. ①古典诗歌—诗歌欣赏—中国—通俗读物 Ⅳ. ①I207.2-49

中国版本图书馆 CIP 数据核字（2019）第 089841 号

● **中国文化精粹：古诗中的千古名句**

编　　著 / 赵文彤
责任编辑 / 刘雪涛
责任校对 / 孙　丽
封面设计 / 环球设计
经　　销 / 新华书店
开　　本 / 670 毫米×960 毫米 1/16　印张 /17　字数 /276 千字
印　　刷 / 香河利华文化发展有限公司
版　　次 / 2019 年 8 月第 1 版　2019 年 8 月第 1 次印刷
书　　号 / ISBN 978-7-5113-7860-6
定　　价 / 39.80 元

中国华侨出版社　北京市朝阳区静安里 26 号通成达大厦 3 层　邮编：100028
法律顾问：陈鹰律师事务所　　　　　编辑部：（010）64443056　　64443979
发行部：（010）64443051　　　　　传　真：（010）64439708
网　址：www.oveaschin.com　　E-mail：oveaschin@sina.com

前言

　　诗歌是我国古典文学史上最惊艳的一朵奇葩，其数量浩如烟海、蔚为壮观，名篇佳作数不胜数，文采风流令人仰止，可以毫不夸张地说，诗歌代表中华文化极其高远的成就，其高超的艺术水平几乎达到了后世难以企及的高度，对我国文化的发展产生了极其深远的影响。

　　诗歌在中国源远流长，绵延数千年。西周至春秋时期，我国诗歌就已产生了大量辉煌的篇章，其标志是我国第一部诗歌总集《诗经》的出现，其篇章大都具有鲜明的时代感和人民性，善用赋、比、兴的表现手法，句式以四言为主，多用重章叠句，为后世文学创作奠定了深厚的人文基础和艺术底蕴。战国后期，在南方的楚国产生了一种具有楚文化独特风采的新诗体——楚辞。楚辞的出现，标志着中国诗歌从民间集体歌唱发展到诗人独立创作的更高阶段。《诗经》和楚辞，是后世诗歌发展的两大源头，在文学史上并称"风骚"，共同开创了我国古代诗歌现实主义和浪漫主义并驾齐驱、融汇发展的优秀传统，并垂范于后世。

　　汉代前期，文人诗坛相对寂寥，民间乐府却颇为活跃。"乐府"原指国家音乐机构，后代将乐府所收集与编辑的可以配乐演唱的歌辞也称为"乐府"。其内容通俗易懂，长于叙事，富有生活气息，句式以杂言和五言为主，体现了诗歌艺术的新发展。

　　隋唐时期，诗风极盛，尤其是唐诗使我国诗歌发展到了鼎盛时期。到宋代，诗歌继续繁荣，留下了诸多的佳作。可以说，唐宋时期的诗歌，数量之多，题材甚广，它几乎涵盖了当时社会生活的各个层面，透过一首首脍炙人口、流传千载的优美诗篇，我们不仅可以感受到唐宋时期恢宏的气象，而且可以更深入地了解那个独特的时期波澜壮阔的社会风貌。诗歌对后人产生的深远影响，更重要的还在于其中蕴含的千古名句，它们历经岁月的锤炼，经过时间的洗礼，仍旧被人们反复吟诵、引用，在于其或因为道出了人人心中所有而笔下所无的壮语情语，或者因为具有深刻的人生哲理，或因为其状物写事精妙入微……而引用这些闪耀着智慧光芒的、妙笔生花的名句，或明其心志，或证其事理，或安慰他人，都具有非凡的说服力和艺术感染力。但所引名句出自何人笔下的哪一首诗，则大都不甚了解，所谓只知其一不知其二也。而如果能够知道出处，则不仅能更好更深刻地理解名句，同时也是一种获得新知的乐趣。

本书选编包含名句的古诗约 180 首，常见常用的名句大都包罗其中。

为了更好地帮助读者理解这些名句佳作，每首诗均对照今译，并加注释和简要的赏析，让人更深刻地领悟其精神内涵与永恒的生命力。

目　录

诗经

楚辞

宋诗

元明清诗

诗经

《诗经》是中国最早的一部诗歌总集，收集了西周初年至春秋中叶（公元前 11 世纪～前 6 世纪）的诗歌。它反映了周初至周晚期约五百年间的社会面貌。当时叫"诗"或"诗三百"，称作《诗经》是这部诗歌总集成为儒家的经典之后的事。《诗经》的出现，标志着中国古代文学脱离原始状态，步入成熟时期，其中抒发情感的"诗言志"成为中国诗歌的开山纲领。然而，这种抒情却又是有节制、有限度的蕴藉含蓄之情，表达出一种情理兼容的"中和"之美，形成温柔敦厚的诗风，成为历代文论的批评内容，并且影响到后世诗歌的创作，也奠定了中国诗歌创作的光辉起点，对后世的中华文化产生了深远的影响。

窈窕淑女，君子好逑

出　处

《诗经·周南·关雎》

《周南》是《诗经·国风》中的部分作品，包括《关雎》等 11 首诗，有东周作品，也有西周作品。《周南》当是周公统治下的南方地区的民歌，范围包括洛阳（其北限在黄河）以南，直到江汉一带，即今河南西南部及湖北西北部。由于采集地域广阔，又不便国自为编，故统称"南"以示南国之诗。

《诗经》是我国最早的一部诗歌总集，共有 300 多首，产生于公元前 11～公元前 6 世纪。

原　文

关雎

关关[1]雎鸠，在河之洲[2]。窈窕淑女[3]，君子好逑[4]。

参差荇菜[5]，左右流之[6]。窈窕淑女，寤寐[7]求之。

求之不得，寤寐思服[8]。悠哉悠哉[9]，辗转反侧。

参差荇菜，左右采之。窈窕淑女，琴瑟友之[10]。

参差荇菜，左右芼[11]之。窈窕淑女，钟鼓乐之[12]。

注　释

1. 关关：指雌雄二鸟相呼应的叫声，此处为象声词。

2. 洲：指水中的陆地面。

3. 窈窕淑女：窈，本义"深邃"，比喻女子美好的心灵；窕，本义为"幽美"，比喻女子美好的仪表。淑，好、善良的意思。窈窕淑女，指内在贤良、外表美丽的女子。

4. 好逑：逑，通"仇"，意为匹配。好逑，喻指好的配偶。

5. 荇菜：一种水草。

6. 左右流之：时而向左、时而向右地择取荇菜。这里用来隐喻君子努力追求淑女。

7. 寤寐：寤，醒；寐，入睡。寤寐指醒和睡，喻指日夜。

8. 思服：服，想的意思。思服，指思念。

9. 悠哉悠哉：此句为语气助词，这里意为"想念呀，想念啊"。

10. 琴瑟友之：用弹琴鼓瑟来亲近她。友，此处为动词，有"亲近"的意思。

11. 芼：择取，挑选。

12. 钟鼓乐之：用钟奏乐来使她快乐。乐，动词，使……快乐。

译 文

关关鸣叫的雎鸠，相伴在河中小岛上。那贤良美丽的女子，是君子的好配偶。

河中参差不齐的荇菜，时而向左时而向右地去捞它。那贤良美丽的女子，日日夜夜都想去追求她。

追求却没法得到，日夜便会思念她。想念啊，想念啊，让人翻来覆去难睡下。

参差不齐的荇菜，时而向左时而向右地去采它。那美丽贤良的女子，奏起琴瑟去亲近她。

参差不齐的荇菜，时而向左时而向右地去采它。那美丽贤淑的女子，敲起钟鼓来取悦她。

赏 析

本诗抒写了一位男子对一位女子追求和思念的过程，表现出男子渴望得到的焦虑之情与求而得之后的喜悦之情。全诗运用了"兴"的艺术手法，本诗开头用滩头水畔的一对雎鸠鸟的鸣叫声"起兴"，用来比喻男女求偶，或男女和谐恩爱，与下文的"窈窕淑女，君子好逑"在意义上发生关联。本诗的起兴之妙就在于诗人将自然景物与个人情感浑然一体的巧妙契合，达到了一种情景交融的艺术境界。

桃之夭夭，灼灼其华

出　处

《诗经·周南·桃夭》

原　文

桃夭

桃之夭夭[1]，灼灼[2]其华。之子于归[3]，宜[4]其室家。

桃之夭夭，有蕡[5]其实。之子于归，宜其家室。

桃之夭夭，其叶蓁蓁[6]。之子于归，宜其家人。

注　释

1. 夭夭：花朵繁盛而怒放的样子。

2. 灼灼：花朵色彩鲜艳、明亮的样子。

3. 之子于归：之子，指这位姑娘。于，去。归，姑娘出嫁。古时把丈夫看作是女子的归宿。

4. 宜：和顺、亲善。

5. 蕡：草木很多且结实的样子，此处指桃子的果实丰满肥大。

6. 蓁：草木繁盛的样子，这里形容桃叶茂盛。

译　文

繁密茂盛的桃树啊，花儿怒放红似火。这个姑娘嫁过门啊，喜气洋洋归夫家。

繁密茂盛的桃树啊，丰腴的鲜桃结满枝。这个姑娘嫁过门啊，早生贵子后嗣旺。

繁密茂盛的桃树啊，叶子长得繁盛。这个姑娘要过门啊，齐心协力家和睦。

赏 析

本诗描写的是一位要出嫁的姑娘，把欢乐和美好带给婆家，字里行间都充满着祥和喜庆的意蕴。"桃之夭夭，灼灼其华。之子于归，宜其室家"，多么美好，这些情绪和愿望，都反映了人们对生活的热爱，对幸福、和美的家庭之追求。同时，这首诗又反映了古时人们对女子的要求：不仅要有桃花般的容貌，还要有使家庭和睦的内在品德。这种美的观念，在当时的社会极为流行。

本诗从桃花到桃实，再到桃叶，三次变换比兴，勾勒出一派喜庆兴旺和美的景象。古人通过桃花似的外在"美"，巧妙地与"宜"的内在"善"相结合，表达了人们对家庭和睦、安居乐业的美好向往。

执子之手，与子偕老

出 处

《诗经·邶风·击鼓》

邶风：为《诗经》中收录的邶地民歌。邶，周代诸侯国名，在今河南省。

原 文

击鼓

击鼓其镗[1]，踊跃用兵[2]。土国[3]城漕，我独南行。

从孙子仲[4]，平陈与宋[5]。不我以归[6]，忧心有忡[7]。

爰[8]居爰处？爰丧其马[9]？于以求之？于林之下。

死生契阔[10]，与子成说[11]。执子之手，与子偕老。

于嗟[12]阔兮，不我活[13]兮。于嗟洵[14]兮，不我信[15]兮。

注　释

1. 其镗：指"镗镗"响的鼓声。

2. 踊跃："鼓舞"的意思，此谓双声联绵词。兵，兵器，刀枪之类。

3. 土国：指在国都服役。

4. 孙子仲：即公孙文仲，字子仲，邶国将领。

5. 平陈与宋：救阵以调和陈宋的关系。平，和也，与二国交好。陈、宋，皆为诸侯国名。

6. 不我以归：即不以我归，有家不让回。

7. 有忡：忡忡。

8. 爰：本为发声词，犹言"于是"。

9. 爰丧其马：丧，指丧失，此处指跑失。爰丧其马：有不还者，有亡其马者。

10. 契阔：聚散。契，合；阔，离。

11. 成说：成言，也犹言誓约。

12. 于嗟：即"吁嗟"，犹言今日的"哎哟"。

13. 活：借为"佸"，相会。

14. 洵：远。

15. 信：一说古"伸"字，志不得伸。一说誓约有信。

译　文

鼓声镗镗响耳旁，兵将奋力练刀枪。国人纷纷筑漕城，唯独有我行南方。

跟随将领孙子仲，平定陈国和宋国。不能使我归家去，使我忧心又忡忡。

于是人儿在哪里？马跑失又在哪里？到哪儿去寻找它，在山间林丛下。

生死聚散不分离，我曾对你发过誓。一直拉着你的手，与你一同慢慢变老。

哎，真是太久远，让我们无法相会。哎，真是太遥远，让我无法履行我誓言。

赏　析

这是一首士兵因远征异国、长期不得归家而抒发思乡之情的诗歌。诗人通过袒露自己的心声来宣泄对战争的厌恶感。作品通过对战争本质的透视，呼唤的是对个体生命具体存在的尊重和对幸福生活追求的权利。这种来自心灵深处最朴素的呼唤，是对人之存在的最具人文关怀的阐释，是先民为后世文学树起的一座人性的高标。

巧笑倩兮，美目盼兮

出　处

《诗经·卫风·硕人》

卫风，《诗经》中十五国风之一，是先秦时期卫国地方民歌。

原　文

硕人

硕人其颀[1]，衣锦褧衣[2]。齐侯[3]之子，卫侯[4]之妻。东宫[5]之妹，邢侯之姨，谭公维私[6]。

手如柔荑[7]，肤如凝脂，领如蝤蛴[8]，齿如瓠犀[9]，螓首蛾眉[10]，巧笑倩兮，美目盼兮。

硕人敖敖[11]，说[12]于农郊。四牡有骄[13]，朱幩镳镳[14]。翟茀[15]以朝。大夫夙退，无使君劳。

河水洋洋，北流活活[16]。施罛濊濊[17]，鱣鲔发发[18]。葭菼[19]揭揭，庶姜孽孽[20]，庶士有朅[21]。

注　释

1. 硕人其颀：指美人修美的样子。硕人，原为高而壮的人，这里释为美人，指卫庄公夫人庄姜。

2. 衣锦褧衣：穿着华丽的嫁衣。衣，为动词，指穿。褧，指妇女出嫁时御风尘用的麻布罩衣，即披风。

3. 齐侯：指齐庄公。

4. 卫侯：指卫庄公。

5. 东宫：太子居处，这里指齐太子得臣。

6. 谭公维私：谭公是庄姜的姐夫。谭，春秋国名，在今山东历城。维，其。私，女子称其姊妹之夫。

7. 荑：白茅之芽。

8. 领如蝤蛴：勃子就像天牛的幼虫般洁白、修长。领，指颈部。蝤蛴，指天牛的幼虫。

9. 瓠犀：指瓠瓜子儿，此处用来形容美人的牙齿洁白，排列整齐。

10. 螓首蛾眉：螓首，形容前额丰满开阔。蛾眉，蚕蛾的触角，细长而曲。这里形容眉毛细长弯曲。

11. 敖敖：修长高大的样子。

12. 说：通“税”，停车。

13. 四牡有骄：形容拉车的四匹马雄壮的样子。“有”是虚字，无义。

14. 朱帻镳镳：朱帻，用红绸布缠饰的马嚼子。镳镳，指盛美的样子。

15. 翟茀：以雉羽为饰的车帷子。翟，山鸡。茀，车篷。

16. 活活：水流声。

17. 施罛濊濊：施，指张，设。罛，大的渔网。濊濊，撒网入水声。

18. 鳣鲔发发：鳣，指鳇鱼。鲔，指鲟鱼。发发，指鱼尾击水之声。

19. 葭：初生的芦苇。菼：初生的荻。

20. 庶姜：指随嫁的姜姓众女。孽孽：高大的样子，或曰盛装貌。

21. 庶士有朅：随众媵臣勇武堂堂。庶士，指从嫁的媵臣。有朅，指勇武的样子。

译 文

美人柔美又苗条，锦绣嫁衣真美丽。她是齐侯娇女儿，也是卫侯的新娘。齐国太子亲阿妹，还是刑侯的小姨，谭公又是她妹夫。

手指纤柔像春黄，皮肤白皙如凝脂。颈似蝤蛴长又白，齿若瓠子真齐整。丰润额头弯媚毛，浅笑盈盈酒靥俏，秋波一转真是妙。

女子高挑又美貌，车马停歇在城郊。驱车马儿多雄壮，红绸系在马嚼上，华车徐驶往朝堂。今天大夫早退朝，莫使君王太操劳。

黄河之水浪滔滔，一路北流浩荡荡。撒下渔网哗哗动，鱼儿游来似钻网，葭葭芦草高又壮。陪嫁姑娘着盛装，随行武士真强壮。

赏 析

这是一首描写卫庄公夫人庄姜出嫁时盛况的诗作，诗中着重描写了新娘的家世、美貌，也是歌咏美人的千古绝唱，尤其是那句"巧笑倩兮，美目盼兮"，为后人所称赞和叫绝。

本诗采用了铺张的描写手法，吟唱了与"硕人"相关的方方面面。第一章着重描写她高贵的出身，即父兄夫婿、三亲六戚都是当时地位显赫之人，主要用来衬托她的高贵。第二章以生动形象的比喻，着重描绘了"硕人"的美貌：柔软纤细的手指，吹可弹破的皮肤，修长的美颈，洁白整齐的牙齿，丰满的额头以及修宛的眉毛，尤其是其楚楚动人的笑靥和顾盼生辉的秋波，是多么的千娇百媚，令人销魂摄魄。第三、四章主要写了婚礼的隆重以及盛大，尤其是

第四章，七句之中，连续用六个重叠字，那洋洋洒洒的黄河之水，浩浩荡荡地北流入海，那撒网入水的哗哗声，那鱼尾击水的唰唰声，以及河岸绵绵密密、茂茂盛盛的芦苇荻草，这些壮美鲜丽的自然景观，都意在引出"庶姜孽孽，庶士有朅"——那人数众多、声势浩大的陪嫁队伍，那些男女陪嫁们，也像庄姜本人一般，皆是修长俊美。所有这一切，从其高贵的出身到隆重的仪仗，再到自然景观，无不或明或暗、或隐或显地衬托出庄姜的天生丽质。为此，此诗可以称得上是一幅千古"美人图"。

如切如磋，如琢如磨

出　处

《诗经·卫风·淇奥》

原　文

淇奥

瞻彼淇奥[1]，绿竹猗猗[2]。有匪[3]君子，如切[4]如磋，如琢如磨，瑟兮僩兮[5]，赫兮咺兮[6]。有匪君子，终不可谖[7]兮。

瞻彼淇奥，绿竹青青。有匪君子，充耳琇莹[8]，会弁[9]如星。瑟兮僩兮。赫兮咺兮，有匪君子，终不可谖兮。

瞻彼淇奥，绿竹如箦[10]。有匪君子，如金如锡[11]，如圭如璧[12]。宽兮绰[13]兮，猗重[14]较兮。善戏谑[15]兮，不为虐[16]兮。

注　释

1. 淇奥：指淇水回转的地方。淇，即淇水，在今河南林县。奥，河流回流弯曲的地方。

2. 猗猗：美好繁盛的样子。

3. 匪：通"斐"，有文采貌。

4. 切：本意为加工玉石骨器，这里引申为讨论研究学问，如切磋。与后面的磋、琢、磨等，都为加工玉器的动词。治骨曰切，象曰磋，石曰磨，后都引申为文采好，有修养。

5. 瑟：仪容庄重。僩：神态威严。

6. 赫：显赫。咺：有威仪貌。

7. 谖：忘记。

8. 充耳：用玉器制成的挂在冠冕两旁的饰物。琇莹：似玉的美石，宝石。

9. 会弁：指鹿皮帽。

10. 箦：与"积"同义，指堆积。

11. 金、锡：古代极为贵重的金属，黄金与锡，一说铜和锡。

12. 圭、璧：圭，一种玉制的礼器，在古代只有举行隆重仪式时才使用。璧，玉制礼器，也是贵族朝会或祭祀时使用。圭与璧制作精良，显示佩带者身份高贵、品德高雅。

13. 绰：旷达。

14. 猗重：都是指车上的部件。猗，通"倚"。也就是古代车厢两旁扶手的曲木或铜钩。重，指车厢上有两重横木的车子，只为古代卿士所乘。

15. 戏谑：开玩笑。

16. 虐：粗暴。

译 文

看那淇水转弯处，翠竹修长又高昂。有位儒雅的君子，学问切磋很精湛，品德琢磨更良善。气宇庄重又轩昂，举止威武又大方。有德有才真君子，让我如何忘记他！

看那淇水转弯处，翠竹郁郁连成片。有位貌美的君子，耳嵌美珠亮晶晶，帽缝玉石灿如星。神态庄重胸怀广，举止威武又大方。有德有才真君子，让我如何忘记他！

看那淇水转弯处，翠竹葱茏真茂盛。有位高雅的君子，青铜器般见精坚，玉礼器般见庄严。气宇旷达又宏大，倚乘卿士的华车。妙语如珠真幽默，真是温和又体贴！

赏 析

这首诗写的一位女子对一位贵族男子的倾慕与赞美。与《诗经》其他恋爱方式不同的是，此诗中不但描述了男子讲究的穿戴、俊美的外貌，还突出了其内在的品德、温厚娴雅的谈吐和举止，反映了其身心理性精神的焕发。

全诗分三章，采用反复吟咏的表现手法，表达和赞扬了士大夫身上的优秀之处：相貌堂堂，仪表庄重、身材高大、服饰整洁华美。再者"如切如磋，如琢如磨"，即文章学问很好，在古代也就是指其行政处事的能力。还有良好的品德、宽广的胸怀、坚定的意志、温婉的品性，的确是一位贤士。为此，作者在第一、第二两章结尾两句，以"有匪君子，终不可谖兮"直接由内到外地对其进行赞美歌颂。这样集内在美与外在美、文采、行事能力于一身的君了，让女人情有所钟，也是必然和情理之中的事情。

投我以木瓜，报之以琼琚

出 处

《诗经·卫风·木瓜》

原 文

木瓜

投我以木瓜[1]，报之以琼琚[2]。匪报也，永以为好也！

投我以木桃[3]，报之以琼瑶。匪报也，永以为好也！

投我以木李[4]，报之以琼玖。匪报也，永以为好也！

注　释

1. 木瓜：这里应指木瓜的果实，其色黄味香，可食用。
2. 琼琚：指精美的玉食，与下面的"琼瑶""琼玖"意思相同。
3. 木桃：果名，即楂子，比木瓜小。
4. 木李：果名，即榠楂，又名木梨。

译　文

你把木瓜赠送我，我拿美玉来报答。不是来报答，表示永远与他要相好。

你把木桃赠送我，我拿美玉来报答。不是来报答，表示永远与他要相好。

你把木李赠送我，我拿美玉来报答。不是来报答，表示永远与他要相好。

赏　析

这是一首有情人之间相互赠答的诗歌。男女聚会，女子采集果实投给她中意的男子，而男子则以美玉来回赠，这其实是一种定情的方式，表示两人确定了恋爱关系。另外，赠送美玉在古代有着极为重要的意义，表示把自己的心交给了对方，要对恋人忠贞不渝。

全诗三章都表达了一个思想，即"你赠予我果子，我回赠你美玉"，就是说回报的东西的价值要比受赠的东西要大得多，这体现了人类的一种高尚情感，这种情感重在心心相印，是精神上的契合，因此回赠的东西以及价值的高低也具有象征性的意义，表现的是对他人对自己情意的珍视。所以说"匪报也"。"投我以木瓜（桃、李），报之以琼琚（瑶、玖）"，其深层语义当是：虽汝投我之物为木瓜（桃、李），而汝之情实贵逾琼琚（瑶、玖）；我以琼琚（瑶、玖）相报，亦难尽我心中对汝之感激。

知我者谓我心忧，不知我者谓我何求

出　处

《诗经·王风·黍离》

王风，东周洛邑（今河南洛阳）之诗歌。

原　文

黍离

彼黍[1]离离，彼稷之苗。行迈靡靡[2]，中心摇摇。知我者，谓我心忧；不知我者，谓我何求。悠悠苍天，此何人哉[3]？

彼黍离离，彼稷之穗。行迈靡靡，中心如醉。知我者，谓我心忧；不知我者，谓我何求。悠悠苍天，此何人哉？

彼黍离离，彼稷之实。行迈靡靡，中心如噎。知我者，谓我心忧；不知我者，谓我何求。悠悠苍天，此何人哉？

注　释

1. 黍：一种农作物，就是今天所说的"黄米"。后面的"稷"也是一种粮食作用，指高粱。

2. 行迈靡靡：指行动迟缓的样子。

3. 此何人哉：这究竟是什么样的人啊。

译　文

那里的黍子整又齐，那儿的高粱苗茂又盛。行走步履迟缓缓，心中忧伤真难消。理解我的人，知道我内心的煎熬。不理解我的人问我为何烦恼。悠远的苍天神灵啊，这究竟是什么样的人啊？

那里的黍子整又齐，那儿的高粱苗茂又盛。行走步履迟缓缓，心中沉沉昏如醉。理解我的人，知道我内心的煎熬。不理解我的人问我为何烦恼。悠远的苍天神灵啊，这究竟是什么样的人啊？

那里的黍子整又齐，那儿的高粱苗茂又盛。行走步履迟缓缓，心中郁结塞如梗。理解我的人，知道我内心的煎熬。不理解我的人问我为何烦恼。悠远的苍天神灵啊，这究竟是什么样的人啊？

赏　析

这是一首描写一个长期流亡在外的落魄者内心哀愁的诗歌。全诗以哀伤的语调将其心中悲凉苦楚的心境刻画得极为生动。流浪者颠沛流离，从极为广阔的田野经过，万籁俱寂之下，心中感到极为沉重，于是便借助歌声来释放。全诗写得沉郁悲怆，从中不难体会到流浪者内心的刻骨之痛。

一日不见，如三秋兮

出　处

《诗经·王风·采葛》

原　文

采葛

彼采葛[1]兮，一日不见，如三月兮！

彼采萧[2]兮，一日不见，如三秋兮！

彼采艾[3]兮，一日不见，如三岁兮！

注　释

1. 葛：一种蔓生植物，块根可食，茎则可以制纤维。

2. 萧：即青蒿，古时常用于祭祀。

3. 艾：一种菊科植物，其叶可当药用。

译　文

那个采葛的姑娘啊，一整天看不见她，就像相隔三月长！

那个采蒿的姑娘啊，一整天看不见她，就像相隔已三秋！

那个采艾的姑娘啊，一整天看不见她，就像相隔已三年！

解读___

这是一首描写热恋中的男女青年相思的诗歌。全诗没有叽叽歪歪的爱情呓语，只是直接表达自己思念的情绪，然而却能拨动读者的心弦，并将这一情感浓缩为"一日三秋"的成语，沿用至今，可谓极具艺术感染力。

全诗分三章，采用反复重叠的表现手法，将作者怀念情人越来越浓烈的情感生动地表现出来了，仿佛触及诗人激烈跳动的脉搏，听到其发自心底的呼唤。全诗的艺术感染力在于运用了"三月""三秋""三岁"之语。蒋立甫在其《风诗含蓄美论析》中曾剖析此诗"妙在语言悖理"，也就是说，从科学的角度来考量，三个月、三个季节、三个年头怎能与"一日"等同呢？这当然是不符合科学的，然而从诗抒情的角度来看却是合理的艺术夸张，合理在于热恋中情人对时间的心理体验，一日之别，逐渐在他或她的心理上延长为三个月、三秋、三岁，这种对自然的心理错觉，真实地反映出情人之间如胶似漆、难分难舍的情感。这一悖理的"心理时间"由于融进了他们无以复加的恋情，所以看似痴语、疯话，却很好地表达了离人心曲，唤起不同时代读者的情感共鸣。

青青子衿，悠悠我心

出　处____

《诗经·郑风·子衿》

郑风，先秦时期，郑国当地的民歌。

原　文____

子衿

青青子衿[1]，悠悠我心[2]。纵我不往，子宁不嗣音[3]？

青青子佩[4]，悠悠我思。纵我不往，子宁不来？

挑兮达兮[5]，在城阙[6]兮。一日不见，如三月兮。

注 释

1. 子衿：周代读书人的衣领。子，对美男子的美称，这里指"你"。衿，即襟，衣领。

2. 悠悠我心：忧思怀念。

3. 嗣音：传音讯。嗣，通"贻"，给、寄的意思。

4. 佩：这里指系佩玉的绶带。

5. 挑兮达兮：独自走来走去的样子。

6. 城阙：城门两边的观楼。

译 文

青青的是你的衣领，悠悠的是我的心境。纵然我不曾去找你，难道你就不捎个口信？

青青的是你的佩带，悠悠的是我的情怀。纵然我不曾去会你，难道你就不能来一趟？

来来往往张眼望啊，在这高高城楼上。一天不见你的面啊，好像已有三月长！

赏 析

这首诗写的是一位女子在城楼上等候她的恋人。全诗三章，前两章以"我"的口吻自述怀人。"青青子衿""青青子佩"是以恋人的衣饰来指代恋人。对方的衣饰给她留下极为深刻的印象，使她念念不忘，可见其相思的深切。如今因受阻不能前去赴约，只好等恋人来相会，可是望穿秋水，却不见人影。于是，浓浓的爱意便转化为惆怅与幽怨："纵然我没有去找你，你为何就不能捎个音信？纵然我没有去找你，你为何不主动前来呢？"第三章写她在城楼上因久候恋人不至而心烦意乱的情景。来来回回地走

个不停，觉得纵然与恋人分别一天，就像分别了三个月那么
漫长。

风雨如晦，鸡鸣不已

出　处

《诗经·郑风·风雨》

原　文

风雨

风雨凄凄，鸡鸣喈喈[1]。既见君子，云胡不夷？[2]

风雨潇潇，鸡鸣胶胶[3]。既见君子，云胡不瘳？[4]

风雨如晦[5]，鸡鸣不已。既见君子，云胡不喜？

注　释

1. 喈喈：指鸡叫的声音。

2. 云：语助词，无义。胡：何。夷：平，指心中平静。

3. 胶胶：或作"嘐嘐"，鸡鸣声。

4. 瘳：病愈，此指愁思萦怀的心病消除。

5. 晦：昏暗。

译　文

风雨交加冷清清，窗外鸡鸣不住声。盼得君子来见我，心中怎能不平静。

风雨交加冷飕飕，窗外鸡鸣不停声。盼得君子来见我，心病怎能不好转。

风雨交加昏天地，窗外鸡鸣声不息。盼得君子来见我，心中怎能不欢喜。

赏　析

这是一首一位女子在风雨交加的夜晚思念她的心上人的诗歌。在一个"风雨如晦，鸡鸣不已"的早晨，一位女子在家中冷冷清清地思念那位"君子"，可就在这个时候，她所企盼的人来了，那种喜出望外的情感可谓溢于言表。

全诗三章，采用叠咏复沓的表现手法，诗境单纯，而所表达的感情则是浓烈的。每章的前两句，都以风雨、鸡鸣起兴，着重描绘出一幅寒冷阴暗、鸡声四起的背景。当此之时，最容易勾起人的离情别绪。在风雨交加的夜里寝寐难安，群鸡阵啼令人心神难定。而正在近乎绝望的凄苦之夜，怀人的女子竟意外地"既见"了久别的情郎。骤见之喜，欢欣之情，自能体会。

全诗的独到之处在于前两句用了"凄惨"之语，而后两句则描绘了"欣喜"之境，前后对比，将女主人公"既见君子"前后的心理真实地刻画了出来。

战战兢兢，如临深渊，如履薄冰

出　处

《诗经·小雅·小旻》

小雅，与《诗经》中的《国风》风格极为类似，其中最为突出的，是关于战争和劳役的作品。这类诗歌与叙述武功类的史诗不同，它们大都从普通士兵的角度来表现他们的遭遇和想法，表达了对战争的厌倦和对家乡的思念，读来令人备感亲切。

原　文

小旻

旻天疾威[1]，敷于下土。谋犹回遹[2]，何日斯沮[3]？谋臧不从，不臧覆用。我视谋犹，亦孔之邛。

潝潝訿訿[4]，亦孔之哀。谋之其臧，则具是违。谋之不臧，则具是依。我视谋犹[5]，伊于胡厎。

我龟既厌[6]，不我告犹。谋夫孔多，是用不集。发言盈庭，谁敢执其咎？如匪行迈谋[7]，是用不得于道。

哀哉为犹，匪先民是程，匪大犹是经。维迩言是听[8]，维迩言是争。如彼筑室于道谋，是用不溃[9]于成。

国虽靡止，或圣或否。民虽靡朊[10]，或哲或谋，或肃或艾。如彼泉流，无沦胥以败。

不敢暴虎，不敢冯河。人知其一，莫知其他。战战兢兢，如临深渊，如履薄冰。

注　释

1. 旻天：本义为秋天，这里特指苍天。疾威：指暴虐。
2. 谋犹：谋划。回遹：邪僻。
3. 沮：停止。
4. 潝潝：小人相互附和的样子。訿訿：小人伐异而相毁的样子。
5. 犹：策谋。
6. 龟：指占卜用的灵龟。厌：厌恶。
7. 匪：彼。行迈谋：关于如何走路的谋划。
8. 维：通"唯"，只有。迩言：近言
9. 溃：通"遂"，顺利、成功。
10. 朊：肥。靡朊指不富足。

译　文

苍天苍天太暴虐，降下灾祸到我国，不知何时能止住？好的策略不听从，策略不好反信服。我看朝廷的谋划，确实有太多弊病。

患得患失无是非，是非不分我悲凄。若有什么好策略，实际行动全违反。政策明显有漏洞，你却一切都听从。我看政策问题多，不知弄到何境地。

我的灵龟已厌倦，不把吉凶来告诉。谋臣策士实在多，就是没有好意见。满庭都是发言者，谁人敢把责任负？譬如有事问路人，不得方向反糊涂。

如此谋划我悲痛，古圣先贤不效法，常规大道不遵从。近僻之言王爱听，肤浅之见纷聚讼。就像宫室建路上，当然不会获成功。

尽管国家范围小，有人聪明有人拙，人民虽然数量少。有的明智计谋多，有的严肃能治国。为政譬如泉水流，莫使相与陷污浊。

不敢赤手搏猛虎，不敢徒步过河流。人们只知很危险，不知其他灾祸临。面对政局我战兢，就如走在深渊旁，就像踩在薄冰上。

赏　析

这是一首政治讽刺诗，诗人以讽刺的口吻揭示了最高统治者重用邪僻而导致"谋犹回遹"的局面。据考证，该诗的作者为西周末年的一位忧国忧民的官吏，作者通过叙述现状，道出了当政者的骄奢腐朽，昏愦无道，善恶不辨，是非不分，听信邪僻之言，重用奸佞之臣，灾祸已经积薪待燃。此诗整篇运用了揭露事实、感叹和批判的方式，鲜明地表达了诗人愤恨朝政黑暗腐败而又忧国忧民的思想情感。

它山之石，可以攻玉

出　处

《诗经·小雅·鹤鸣》

原　文

鹤鸣

鹤鸣于九皋[1]，声闻于野。鱼潜在渊[2]，或在于渚。乐彼之园，爰有树檀[3]，其下维萚[4]。它山之石，可以为错[5]。

鹤鸣于九皋，声闻于天。鱼在于渚，或潜在渊。乐彼之园，爰有树檀，其下维榖。它山之石，可以攻玉。

注 释

1. 九皋：皋，沼泽地。九，虚数，此处用来形容沼泽地之多。

2. 渊：深水，潭。

3. 爰：于是。檀：指檀木，比如黄檀或紫檀。

4. 萚：酸枣一类的灌木。

· 5. 它山之石，可以为错：指利用其他山上的石头可以错琢器物。错，砺石，可以用来打磨玉器。

译 文

鹤鸣沼泽九曲弯，声传四野真亮清。深深渊潭游鱼潜，有时游到浅滩前。在那园中真快活，木檀高高有浓荫，下面灌木叶凋零。他方山上有佳石，可以用来琢玉器。

鹤鸣沼泽九曲弯，声音能传到天边。浅浅渚滩游鱼浮，有的潜藏在深渊。在那园中真快活，园中生长有木檀，下面楮树矮又细。他方山上有佳石，可以用来琢玉器。

赏 析

这是一首即景抒情小诗，是中国最早的描写田园风光的诗歌。此诗共二章，每章九句。前后两章共用了四个比喻，语言也极为相似。在诗中，作者从听觉到视觉，写了其所感所闻，一脉贯穿全篇，结构极为完整，从而形成一幅古人漫游荒野的图画。而且这幅图画有声有色，有情有景，因而也充满了无尽的诗意，读之不免令人产生思古之幽情。如此读诗，使人能感受到诗的感染力，从而充满无尽的想象。

高山仰止，景行行止

出　处

《诗经·小雅·车辖》

原　文

车辖

间关车之辖兮[1]，思娈季女逝兮[2]。匪饥匪渴，德音来括。虽无好友？式燕且喜。

依彼平林，有集维鷮[3]。辰彼硕女，令德来教。式燕且誉[4]，好尔无射。

虽无旨酒？式饮庶几。虽无嘉肴？式食庶几。虽无德与女？式歌且舞？

陟彼高冈，析其柞薪。析其柞薪，其叶湑[5]兮。鲜我觏尔[6]，我心写兮。

高山仰止，景行行止。四牡騑騑，六辔如琴。觏尔新婚，以慰我心。

注　释

1. 间关：象声词，指行车发出的声音。辖：同"辖"，车轴头的铁键。

2. 娈：妩媚可爱。季女：少女。逝：往，指出嫁。

3. 鷮：长尾野鸡。

4. 誉：安乐。

5. 湑：茂盛。

6. 鲜：犹"斯"，此时。觏：遇合。

译　文

　　车辖转动关关响，少女出嫁做新娘。不是饥渴慰我心，有德淑女来会合。虽然没有好朋友，宴饮相庆自欢乐。

　　平地树林真茂密，长尾野鸡树上栖。漂亮姑娘及时嫁，德行良好有教养。宴饮相庆真欢乐，爱意不绝情绵长。

　　虽然没有那好酒，但愿你能喝一盅。虽然没有那好菜，但愿大家吃一点。虽无美德与你配，且来欢歌舞一曲。

　　登上高高那山冈，砍枝劈来当柴烧。劈来柞枝当柴烧，柞树枝叶真茂盛。今日相遇真美好，了却相思乐陶陶。

　　高山抬头看得清，平坦大道能纵驰。驾起四马快快行，挽缰如调琴弦丝。今遇新婚好新娘，心中欣慰暖如春。

赏　析

　　这是一首迎亲诗，诗以一个男子的口吻描写了娶妻途中的各种喜乐与对新娘子的思慕之情，同时通过对婚礼的描写和对新娘的赞美，也表达了诗人新婚之欣喜与其对美好生活的憧憬和向往。本诗结构跌宕，抒情手法极为巧妙，有时是直抒胸臆，有时则是借景抒情，是《雅》诗中不可多得的抒情诗。

投我以桃，报之以李

出　处

　　《诗经·大雅·抑》

　　大雅，是《诗经》中的一部分，多为贵族祭祀之诗歌，祈丰年、颂祖德。与小雅不同的是，大雅的作者也是贵族文人，但对现实政治有所不满，除了宴会乐歌、祭祀乐歌和史诗以外，也写了一些反映人民愿望的讽刺诗。

原 文

抑

抑抑威仪，维德之隅。人亦有言：靡哲不愚，庶人之愚，亦职维疾。哲人之愚，亦维斯戾。

无竞维人[1]，四方其训之。有觉[2]德行，四国顺之。訏谟定命[3]，远犹辰告。敬慎威仪，维民之则。

其在于今，兴迷乱于政。颠覆厥德，荒湛[4]于酒。女虽湛乐从，弗念厥绍。罔敷求先王，克共明刑。

肆皇天弗尚，如彼泉流，无沦胥以亡。夙兴夜寐，洒扫庭内，维民之章。修尔车马，弓矢戎兵，用戒戎作，用逷蛮方[5]。

质尔人民，谨尔侯度，用戒不虞。慎尔出话，敬尔威仪，无不柔嘉。白圭之玷，尚可磨也；斯言之玷，不可为也！

无易由言，无曰苟矣，莫扪朕舌，言不可逝矣。无言不雠[6]，无德不报。惠于朋友，庶民小子。子孙绳绳，万民靡不承。

视尔友君子，辑柔尔颜，不遐有愆[7]。相在尔室，尚不愧于屋漏。无曰不显，莫予云觏[8]。神之格思，不可度思，矧可射思[9]！

辟尔为德，俾臧俾嘉。淑慎尔止，不愆于仪。不僭不贼，鲜不为则。投我以桃，报之以李。彼童而角，实虹小子。

荏染[10]柔木，言缗[11]之丝。温温恭人，维德之基。其维哲人，告之话言，顺德之行。其维愚人，覆谓我僭。民各有心。

于乎小子，未知臧否。匪手携之，言示之事。匪面命之，言提其耳。借曰[12]未知，亦既抱子。民之靡盈，谁夙知而莫成？

昊天孔昭，我生靡乐。视尔梦梦，我心惨惨。诲尔谆谆，听我藐藐。匪用为教，覆用为虐。借曰未知，亦聿既耄。

于乎，小子，告尔旧止。听用我谋，庶无大悔。天方艰难，曰丧厥国。取譬不远，昊天不忒。回遹其德，俾民大棘。

注 释

1. 无：发语词，无义。竞：强盛。维人：由于（贤）人。

2. 觉：通"梏"，大。

3. 讦谟：讦，大。谟，思虑、考虑。讦谟，指大谋略。命：指政令。

4. 荒湛：沉迷。湛，同"耽"。

5. 遏：通"剔"，治服。蛮方：指边远地区的少数民族。

6. 雠：反映。

7. 遐：何。愆：过错。

8. 云：语气助词，无义。觏：遇见，此指看见。

9. 矧：况且。射：通"斁"，厌。

10. 荏染：坚韧。

11. 言：语助词。緡：给乐器安上弦。

12. 借曰：假如说。

译 文

仪表堂堂行为谨，品德高尚思想正。古人有句老俗话，智者偶尔也愚笨。常人如果不聪明，那是本身有毛病。智者如果不聪明，那就反常令人惊。

国有贤人势强盛，四方诸侯来投诚。国君品德行为正，天下人民都归顺。建国大计定方针，长远国策告群臣。举止行为要谨慎，人民以此为标准。

形势发展到如今，国政混乱不堪论。你的德行已败坏，沉溺酒色醉醺醺。只吃纵情贪欢乐，祖宗事业不关心。先王治道不广求，国家法度怎执行。

皇天不肯来庇佑，好比泉水空自流，相与灭亡万事休。应当早起晚睡觉，洒扫堂屋要讲究，为民表率须带头。车辆马匹准备好，弓箭兵器要整修。预防战争将发生，驱逐蛮夷功千秋。

安定你的老百姓，谨守法度莫任性。以防祸事突发生。说话开口要谨慎，行为举止要端正，处处温和又可敬。白玉上面有污点，尚可琢磨除干净；开口说话出毛病，再要挽回也不成。

发表言论要谨慎，莫说"说话可随便，没人把我舌头捂"，一言既出难弥补。言语不会无反应，施德总是有福添。亲朋好友要友爱，平民百姓须照看。子孙谨慎不怠慢，万民顺从国家安。

看你招待贵族们，和颜悦色笑盈盈，小心莫将过失犯。瞧你一人在室内，面对神明无愧惭。莫说室内不明显，无人能把我看见。神灵来去无踪影，何时降临猜测难，心里哪能就厌烦。

努力修明你德行，使它完美无伦比。言谈举止要谨慎，切莫马虎失仪礼。不犯错误不害人，人们无不效法你。有人赠我一只桃，回报他用一只李。羊崽无角说有角，实是惑乱你小子。

又坚又韧好木料，制作琴瑟丝弦调。温和谨慎老好人，根基深厚品德高。如果你是明智人，古代名言来奉告，马上实行当作宝。如果你是糊涂虫，反说我错不讨好，人心各异难诱导。

可叹少爷太年轻，好事坏事难分清。不但用手相搀扶，而且教你办事情。不但当面教育你，提着耳朵叫你听。若说年幼无知识，已把儿子抱在身。为人能够不自满，谁会早知却晚成！

老天在上看得清，你的生活烦恼多。看你糊涂不懂事，我的心里实在焦。谆谆耐心教导你，你不听信态度傲。不肯把它作教训，反而当成开玩笑。若说你还没知识，七老八十年岁高！

可怜少爷太年幼，听我告你旧典章。你能听我用我谋，不致大错太荒唐。上天正在降灾难，国势危险快灭亡。打个比方不算远，上天赏罚无差爽。如果邪僻性不改，黎民百姓要遭殃。

赏 析

据考证，这首诗是卫武公在他 90 多岁时为劝谏周平王所作。据史料记载，周平王就是周幽王的儿子宜臼。因为周幽王昏庸无能，宠爱褒姒，烽火戏诸侯，致使国政混乱，其最终被来犯的犬戎军队杀死在骊山。周幽王死后，宜臼被拥立为王，史称周平王。公元前770年，周平王在晋文侯、郑武公、卫武公、秦襄公等众臣的拥立下迁都洛邑，东周从此开始。从此周室开始衰落，诸侯的势力也逐渐增大。平王施政不当，而此时周王朝的元老卫武公，在经历了厉王流放、宣王中兴、幽王覆灭后，当时已经90岁，看到自己扶持的平王品行不端，社会政治黑暗，于是在忧愤之中写下了此诗。此诗言辞恳切，被称为"千古箴铭之祖"，是《诗经》中的经典之作。

楚辞

　　楚辞是屈原创作的一种新诗体，并且也是中国文学史上第一部浪漫主义诗歌总集。楚辞因为运用楚地（注：即今湖南、湖北一带）的文学样式、方言声韵和风土物产等，所以具有浓厚的地方色彩，对后世诗歌产生了深远的影响。与《诗经》古朴的四言体诗相比，楚辞的句式较活泼，句中有时使用楚国方言，在节奏和韵律上独具特色，更适合表现丰富复杂的思想感情。

　　本章节选了楚辞中的千古名句，并给予译解，以使人们更好地将楚辞传承下去。

与天地兮比寿，与日月兮齐光

出　处

屈原的《九章·涉江》

屈原：战国时期，楚国著名的诗人、政治家。楚国秭归（今湖北宜昌）人。他是中国历史上第一位伟大的爱国诗人，中国浪漫主义文学的奠基人，"楚辞"的创立者，开辟了"香草美人"的传统，被誉为"中华诗祖""辞赋之祖"。屈原的出现，标志着中国诗歌进入了一个由集体歌唱到个人独创的新时代。他的主要作品有《离骚》《九歌》《九章》《天问》等。

原　文

涉江（节选）

余幼好此奇服兮，年既老而不衰。

带长铗之陆离兮[1]，冠切云之崔嵬[2]。被明月兮佩宝璐[3]。

世溷浊而莫余知兮[4]，吾方高驰而不顾。

驾青虬兮骖白螭[5]，吾与重华游兮瑶之圃[6]。

登昆仑兮食玉英[7]，与天地兮比寿，与日月兮齐光。

注　释

1. 铗：剑柄，这里代指剑。长铗即长剑。陆离：长貌。

2. 切云：当时一种高帽子之名。崔嵬：高耸。

3. 被：同"披"，戴着。明月：夜明珠。璐：美玉名。

4. 莫余知：即"莫知余"，没有人理解我。

5. 螭：一种龙。

6. 重华：帝舜的名字。瑶：美玉。圃：花园。"瑶之圃"指神话传说中天帝所居住的盛产美玉的花园。

7. 玉英：玉树之花。

译　文

　　我自幼就喜欢这奇伟的服饰啊，年纪大了爱好仍旧没有改变。腰间挂着长长的宝剑啊，头上戴着高高的切云帽。身上披挂着珍珠佩戴着美玉。世道混浊没人了解我啊，我却高视阔步，置之不理。坐上青龙驾驶两边配有白龙的车子，我要同重华一道去游仙宫。登上昆仑山啊吃那玉的精英，我要与天地啊同寿，我要和日月啊同样光明。

赏　析

　　《涉江》是屈原晚年被放逐江南时所作的一首爱国主义抒情诗。在这首诗中，诗人十分尖锐地揭露了楚国统治者的腐朽和罪恶：朝政在他们的把持下，贤臣斥疏，奸佞横行，一切都处于颠倒混乱的状态。这是诗人对楚国反动势力的愤怒控诉和强烈斥责。另一方面，诗人有力地表达了要坚持自己的政治主张和保持高尚情操的决心，反复表示要斗争到底。全诗塑造了一个充满浪漫主义色彩的高洁脱俗的形象。

鸟飞反故乡兮，狐死必首丘

出　处

　　屈原的《九章·哀郢》

原　文

哀郢（节选）

曼余目以流观兮，冀一反之何时？

鸟飞反故乡兮，狐死必首丘[1]。

信非吾罪而弃逐兮，何日夜而忘之？

注　释

1. 首丘：头转向山丘，据说狐狸死时总要把头转向它所生长的山丘。

译　文

放眼四下观望啊，希望什么时候能返回郢都一趟。鸟儿高飞终要返回旧巢啊，狐狸死时头一定向着狐穴所在的方向。确实不是我的罪过却遭放逐啊，日日夜夜我哪里能忘记我的故乡！

赏　析

《哀郢》表达屈原被放逐后哀怨的心情。本诗采用了倒叙的写法，先从九年前秦军进攻楚国之时自己被放逐，随流亡百姓一起东行的情况写起，到后面才抒写作诗时的心情。这就使诗人被放以来铭心难忘的那一幅幅悲惨画面，一幕幕夺人心魄、摧人肝肺的情景，得到突出的表现。最后，道出了诗人虽日夜思念郢都，却因被放逐而不能回朝效力的痛苦和悲伤。"鸟飞反故乡兮，狐死必首丘"，语重意深，极为感人。全诗章法谨严，浑然一体。

虽九死其犹未悔

出　处

屈原的《离骚》

原　文

离骚（节选）

长太息以掩涕兮，哀民生之多艰；

余虽好修姱以羁兮，謇朝谇而夕替；

既替余以蕙纕兮，又申之以揽茝；

亦余心之所善[1]兮，虽九死其犹未悔[2]

注　释

1. 善：向往，希望得到（的东西或品质）。

2. 九：多次，数次。表约数，泛指多次，这里不是实指。犹：仍然。未悔：不会懊丧，不后悔。悔，怨恨，后悔。

译　文

我擦着眼泪啊声声长叹，可怜人生道路多么艰难。

我虽爱好修洁严于责己，可早晨进谏晚上即遭贬黜。

他们弹劾我佩带蕙草啊，又因为我采集白芷而给我加上罪名。

这是我心中追求的东西，就是多次死亡也不后悔。

赏　析

本诗反映了诗人勇于同黑暗腐朽势力做斗争的精神。抒发了对朝廷内部奸佞小人的愤恨，并不遗余力地对他们予以反击，斥责他们贪婪、嫉妒成性、朋比为奸、随波逐流、黑白颠倒。诗人还揭露了楚君的过失，说他反复无常，荒唐糊涂，宠信奸臣，疏远忠良，善恶不辨，致使诗人的"美政"理想落了空。

路漫漫其修远兮，吾将上下而求索

出　处

屈原的《离骚》

原　文

离骚（节选）

欲少留此灵琐兮，日忽忽其将暮。

吾令羲和弭节兮，望崦嵫而勿迫。

路漫漫其修远兮[1]，吾将上下而求索。

注　释

1. 漫漫：路遥远的样子。其：代指"路"。修远：长远。

译　文

我本想在灵琐稍事逗留，夕阳西下已经暮色苍茫。

我命令羲和停鞭慢行啊，莫叫太阳迫近崦嵫山旁。

前面的道路啊又远又长，我将上上下下追求理想。

赏　析

本篇名作写于屈原放逐江南之时，是诗人充满爱国激情的抒忧发愤之作。屈原痛感自己的治国之道不能为楚王所接受，他只好悲愤地去寻求那理想中的人生之道。他在此诗中运用了浪漫主义手法，做了一番抒情的描述：早晨从苍梧启程，晚上到达了悬圃。一天的奔波，该是多么疲劳啊！本想在宫门外稍微休息一会儿，但是不能啊！时间紧迫，天快黑了。我请求羲和，不要再驱车前进了，崦嵫已在眼前，不要靠近它吧！我们前方的路是那样长、那样远，我已经立志，要百折不挠地去寻找那理想中的人生之路。

举世皆浊我独清，众人皆醉我独醒

出　处

屈原的《渔父》

原　文

渔父

屈原既放，游于江潭，行吟泽畔，颜色憔悴，形容枯槁。

渔父见而问之曰："子非三闾大夫与？何故至于斯？"

屈原曰："举世皆浊我独清，众人皆醉我独醒，是以见放。"

渔父曰："圣人不凝滞于物，而能与世推移。世人皆浊，何不淈[1]其泥而扬其波？众人皆醉，何不𫗦其糟而歠其醨[2]？何故深思高举，自令放为？"

屈原曰："吾闻之，新沐者必弹冠，新浴者必振衣；安能以身之察察[3]，受物之汶汶[4]者乎？宁赴湘流，葬于江鱼之腹中。安能以皓皓[5]之白，而蒙世俗之尘埃乎？"

渔父莞尔而笑，鼓枻[6]而去，乃歌曰："沧浪[7]之水清兮，可以濯吾缨；沧浪之水浊兮，可以濯吾足。"遂去，不复与言。

注　释

1. 淈：搅浑。

2. 歠：饮。醨：薄酒。这里的𫗦糟歠醨高举，指高出世俗的行为。在文中与"深思"都是渔父对屈原的批评，有贬意，故译为（在行为上）自命清高。

3. 察察：皎洁的样子。

4. 汶汶：污浊。

5. 皓皓：洁白的或高洁的样子。

6. 枻：船桨。

7. 沧浪：水名，汉水的支流，在今湖北境内。或谓沧浪水清澈的样子。

译　文

屈原被放逐之后，在江边游荡。他沿着江边边走边唱，脸色憔悴，形体容貌枯槁。渔父看到了屈原便问他说："您不就是三闾大夫吗？为什么会落到这种地步？"

屈原说："世上所有的人都肮脏只有我一个人干净，个个都醉了唯独我清醒，因此被放逐。"

渔父说："通达事理的人对客观时势不拘泥、执着，而能随着世道变化而变化。既然世上的人都肮脏龌龊，您为什么不使那泥水更浑浊？既然个个都沉醉不醒，您为什么不也跟着吃那酒糟喝那酒汁？

为什么您偏要忧国忧民，自命清高，使自己落得个被放逐的下场呢？"

屈原说："我听过：刚洗过头的人一定要弹去帽子上的尘土，刚洗过澡的人一定要抖干净衣服上的灰。哪里能让洁白的身体去接触污浊的外物？我宁愿投入湘水，葬身在江中鱼的肚子里，怎能让玉一般的东西去蒙受世俗尘埃的污染呢？"

渔父听后，微微一笑，摇着船桨离屈原而去。口中唱道："沧浪水清啊，可用来洗我的帽缨；沧浪水浊啊，可用来洗我的双脚。"便离开了，不再和屈原说话。

赏　析

《渔父》是一篇可读性非常强的优美散文。开头写屈原，结尾写渔父，虽然着墨不多，却十分传神。采用对话体，多用比喻、反问，生动、形象而又富有哲理。

汉乐府诗

　　乐府是古代诗歌的一种存在形式。秦设乐府，为少府属官。汉初设乐府令，掌宗庙祭祀之乐。汉武帝立乐府，制作雅乐，采集民歌。汉乐府民歌内容丰富，反映了当时广阔的社会生活，艺术上刚健清新，其五言、七言和杂言的诗歌形式，是文人五七言诗歌的先声，其中留下的一些千古名句，更是中国诗歌史上宝贵的财富。

结交在相知，骨肉何必亲

出 处

汉代乐府诗《箜篌谣》，作者不详。

原 文

箜篌谣

结交在相知，骨肉何必亲。

甘言[1]无忠实，世薄多苏秦[2]。

从风暂靡草，富贵上升天。

不见山巅树，摧杌下为薪。

岂甘井中泥？上出作埃尘。

注 释

1. 甘言：甜美之言。

2. 苏秦：战国时人，善说辞，游说各国君主，皆投其所好。

译 文

结交朋友贵在相知，骨肉也未必有知心朋友亲。

交朋友不能听信甜美的言辞，世情淡薄，像苏秦那样花言巧语的人太多。

草遭风吹，有的随风暂时倒下，可是风过后仍可以挺拔起来，照样生长；有的则随风吹上天，成了暴发户，但风一停下来，成为无可依靠的弃物。

君不见山头之树，所处势位高，似可傲视他树，可是一旦摧折倒下，照样被砍伐当柴烧。

井中之泥岂能甘心永远沉于井底，不思出井一见天日？可是一旦到了井上，日晒泥干，风一吹便成了埃尘四处飞扬。

赏 析

此篇道出了交友亲相知的可贵，同时也道出了世态凉薄，花言巧语者太多。后面则表明自己的心志：甘居下位，安于贫贱，不汲汲于富贵，不追慕势力地位，不求出头露面。这是身处政治动乱时代的人们所总结出来的处世的经验之谈。作者对攀龙附凤爬上天的暴发户，对爬上高位而不可一世的势利眼，对一心想抛头露面的功名迷，以及对他们的下场，看得太多了，因此才得出了上述的结论，从而选定了自己要走的道路：君子固穷，全节保身。

天地合，乃敢与君绝

出 处

汉代乐府民歌《上邪》，作者不详。

原 文

上邪

上邪![1]我欲与君相知，长命[2]无绝衰。

山无陵，江水为竭，冬雷震震，

夏雨雪，天地合，乃敢与君绝！

注 释

1. 上邪：天啊。上，指天。邪，语气助词，表示感叹。
2. 命：古与"令"字通，使。

译 文

上天呀！我渴望与你相知相惜，长存此心永不减退。

除非巍巍群山消逝不见，除非滔滔江水干涸枯竭，除非凛凛寒冬雷声翻滚，除非炎炎酷暑白雪纷飞，除非天地相交聚合连接，直到这样的事情全都发生时，我才敢将对你的情意抛弃决绝！

赏 析

这是一首民间情歌，是一首感情强烈、热烈奔放的爱情诗。诗中的女子为了表达对情人忠贞不渝的感情，指天发誓，指地为证，要永远和情人在一起。

诗中的女子充分发挥其想象力，一件比一件离奇，一桩比一桩令人难以思议。到"天地合"时，她漫无边际地想到人类赖以生存的一切环境都不复存在了。这种夸张怪诞的奇想，是这位痴情女子表示爱情的特殊方式。而这些根本不可能实现的自然现象都被女主人公当作"与君绝"的条件，无疑是在说"与君绝"是绝对不可能的。结果，只有自己和"君"永远地相爱。

两兔傍地走，安能辨我是雄雌

出 处

汉乐府民歌《木兰诗》，作者不详。

原 文

木兰诗（节选）

爷娘闻女来，出郭相扶将[1]；阿姊闻妹来，当户理红妆；小弟闻姊来，磨刀霍霍向猪羊。开我东阁门，坐我西阁床。脱我战时袍，著我旧时裳。当窗理云鬓，对镜帖花黄[2]。出门看火伴[3]，火伴皆惊忙：同行十二年，不知木兰是女郎。

雄兔脚扑朔，雌兔眼迷离[4]；双兔傍地走，安能辨我是雄雌。

注 释

1. 郭相扶：郭，指外城。扶，指扶持。将，助词，不译。开头二句是说父母互相搀扶着到城外来迎接木兰。

2. 帖花黄：当时流行的一种装扮，把金黄色的纸剪成星、月、花、鸟等形状贴在额上，或在额上涂一点黄的颜色。帖，同"贴"。花黄，古代妇女的一种面部装饰物。

3. 火伴：即伙伴。火，同"伙"，指同伍的士兵。

4. "雄兔"二句：据说，提着兔子的耳朵将其悬在半空时，雄兔两只前脚时时动弹，雌兔两只眼睛时常眯着，所以容易辨认。扑朔：形容雄兔脚上的毛蓬松的样子。迷离：形容雌兔的眼睛被蓬松的毛遮蔽的样子。

译　文

父母听说女儿回来了，互相搀扶着到城外迎接她；姐姐听说妹妹回来了，对着门户梳妆打扮起来；弟弟听说姐姐回来了，忙着霍霍地磨刀杀猪宰羊。每间房都打开了门进去看看，脱下打仗时穿的战袍，穿上以前女孩子的衣裳，当着窗子整理头发，对着镜子在脸上贴上花黄。走出去看一起打仗的伙伴，伙伴们很吃惊，（都说我们）一起打仗数年，竟然不知道木兰是女孩。

（提着兔子耳朵将其悬在半空中时）雄兔两只前脚时时动弹，雌兔两只眼睛时常眯着，所以很容易分辨。雄雌两兔一起并排跑，怎能分辨哪只是雄兔、哪只是雌兔呢？

赏　析

这首诗具有浓郁的民歌特色。全诗以"木兰是女郎"来构思木兰的传奇故事，富有浪漫色彩。安排极具匠心，虽然写的是战争题材，但是生活场景和儿女情态着墨较多，富有生活气息。诗中以问答的形式来刻画人物心理，生动细致；以众多的铺陈排比来描写行为情态，以风趣的比喻结束全文，令人回味，具有强烈的艺术感染力。

孔雀东南飞，五里一徘徊

出　处

汉乐府诗《孔雀东南飞》，作者不详。

原　文

孔雀东南飞（节选）

　　孔雀东南飞，五里一徘徊。十三能织素，十四学裁衣，十五弹箜篌，十六诵诗书。十七为君妇，心中常苦悲。君既为府吏，守节情不移，贱妾留空房，相见常日稀。鸡鸣入机织，夜夜不得息。三日断五匹，大人故嫌迟[1]。非为织作迟，君家妇难为！妾不堪[2]驱使，徒留无所施[3]，便可白公姥[4]，及时相遣归。

注　释

　　1. 大人故嫌迟：婆婆故意嫌我织得慢。大人，对长辈的尊称，这里指婆婆。

　　2. 不堪：不能胜任。

　　3. 徒：徒然，白白地。施：用。

　　4. 白公姥：禀告婆婆。白，告诉，禀告。公姥，公公婆婆，这里是偏义复词，专指婆婆。

译　文

　　孔雀鸟向东南方向飞去，飞上五里便徘徊一阵。（我）十三岁到十六岁能织精美的白绢，学会了裁剪衣裳，会弹箜篌，能诵读诗书。十七岁做了您的妻子，心中常常感到痛苦和悲伤。您既然做了太守府的小官吏，就遵守官府的规定，专心不移。我一个人守在空房里，我们见面的日子实在太少了。鸡一叫，我就上机织绸子，天天晚上都不能休息。三天就织成五匹绸子，婆婆仍然嫌我织得慢。并不是因为我织得慢，（而是）您家的媳妇难做啊！我既然担当不了使唤，留在这里也没有什么用。（您）现在就可以去禀告婆婆，趁早把我遣送回娘家。

赏 析

本段主要描述了刘兰芝自幼便习女红，善弹琴，能背诵诗书。十七岁就嫁给焦仲卿，日夜辛劳，勤于家务，却不受婆婆待见，于是就写信给在庐江郡府做小吏的丈夫，诉说这一切。焦仲卿回来后为妻子求情，却遭到母亲的斥责，并令其休妻另娶……诗中如窃如诉的倾诉，具有极强的感染力，读来令人动容。

少壮不努力，老大徒伤悲

出 处

汉乐府诗集《长歌行》，作者不详。

原 文

长歌行

青青园中葵，朝露待日晞[1]。

阳春布德泽，万物生光辉。

常恐秋节至，焜黄华叶衰[2]。

百川东到海，何时复西归？

少壮不努力，老大徒伤悲！

注 释

1. 晞：天亮，引申为阳光照耀。

2. 焜黄：形容草木凋落枯黄的样子。华：同"花"。

译 文

园中的葵菜都郁郁葱葱，晶莹的朝露阳光下飞升。

春天把希望洒满了大地，万物都呈现出一派繁荣。

常恐那肃杀的秋天来到，树叶儿黄落百草也凋零。

百川奔腾着东流到大海，何时才能重新返回西境？

少年人如果不及时努力，到老来只能是悔恨一生。

赏　析

这首诗从"园中葵"说起，用水流到海不复回做比喻，说明光阴就像流水，一去不回头。从而劝导人们，要珍惜青春年华，发愤努力，不要等老了再后悔。由眼前青春美景想到人生易逝，鼓励年轻人要珍惜时光，出言警策，催人奋进。

胡马依北风，越鸟巢南枝

出　处

汉乐府《古诗十九首》之《行行重行行》

《古诗十九首》是中国古代文人五言诗选辑，由南朝萧统从传世无名氏古诗中选录十九首编入《文选》而成，是乐府古诗文人化的标志，深刻地再现了文人在汉末社会思想大转变时期，追求的幻灭与沉沦、心灵的觉醒与痛苦，抒发了人生最基本、最普遍的几种情感和思绪。全诗语言朴素自然，描写生动真切，具有浑然天成的艺术风格，处处表现了道家与儒家的哲学意境，被刘勰称为"五言之冠冕"。

原　文

行行重行行

行行重行行[1]，与君生别离。

相去万余里，各在天一涯。

道路阻且长，会面安可知？

胡马依北风，越鸟巢南枝[2]。

相去日已远，衣带日已缓。

浮云蔽白日，游子不顾反。

思君令人老，岁月忽已晚。

弃捐勿复道，努力加餐饭。

注　释

1. 行行重行行：重，又。这句是说行而不止。

2. 胡马依北风，越鸟巢南枝：胡马，指北方所产的马。依，依恋的意思。越鸟，指南方所产的鸟。

译　文

你走啊走啊老是不停地走，就这样活生生分开了你我。

从此你我之间相距千万里，我在天这头你就在天那头。

路途那样艰险又那样遥远，要见面可知道是什么时候？

北马南来仍然依恋着北风，南鸟北飞筑巢还在南枝头。

彼此分离的时间越长越久，衣服越发宽大人越发消瘦。

飘荡的游云遮住了那太阳，他乡的游子却并不想回还。

因想你使我变得忧伤消瘦，又是一年很快地到了年关。

还有许多心里话都不说了，只愿你多保重切莫受饥寒。

赏　析

这是一首汉末动荡岁月中的相思乱离之歌。此诗抒写了一个女子对远行在外的丈夫的深切思念之情，内容可分为两部分：前六句为第一部分，追叙初别，着重描写路远相见之难；后十句为第二部分，着重刻画思妇相思之苦。全诗结构严谨，层次分明；运用比兴，形象生动；语言朴素自然，通俗易懂，自然地表现出思妇相思的心理特点，具有淳朴清新的民歌风格。

青青河畔草

出　处

汉乐府《古诗十九首》之《青青河畔草》

原　文

青青河畔草

青青河畔草，郁郁园中柳。

盈盈楼上女，皎皎当窗牖[1]。

娥娥红粉妆，纤纤出素手。

昔为倡家[2]女，今为荡子[3]妇。

荡子行不归，空床难独守。

注　释

1. 牖：古建筑中室与堂之间的窗子。古院落由外而内的次序是门、庭、堂、室。进了门是庭，庭后是堂，堂后是室。室门叫"户"，室和堂之间有窗子叫"牖"，室的北面还有一个窗子叫"向"。上古的"窗"专指在屋顶上的天窗，开在墙壁上的窗叫"牖"，后泛指窗。

2. 倡家：古代指从事音乐歌舞的乐人。

3. 荡子：即"游子"，辞家远出、羁旅忘返的男子。

译　文

河边的草地草儿青绿一片，园中茂盛的柳树郁郁葱葱。

站在绣楼上的那位女子体态盈盈，她靠着窗户容光照人好像皎皎的明月。

她打扮得红装艳丽，伸出纤细白嫩的手指扶着窗儿向远方盼望她的亲人。

从前她曾经是个青楼女子，她希望过上正常人的生活才成了游子的妻子。

不想游子远行在外总是不回来，丢下她一个独守空房实在难以忍受寂寞。

赏__析_

此诗是代思妇设想的闺怨之作。叙述的是一个生活片段：女主人公独立于绣楼，体态盈盈，如临风凭虚；她倚窗当轩，光彩照人，皎皎有如轻云中的明月；她红妆艳服，打扮得十分用心；她牙雕般的纤纤双手，扶着窗棂，在久久地引颈远望。她望见了园林河畔，草色青青，绵绵延延，伸向远方。原来她的目光，正随着草色，追踪着远行人往日的足迹；她望见了园中那株郁郁葱葱的垂柳，她曾经从这株树上折枝相赠，希望柳丝儿，能"留"住远行人的心。一年一度的春色，又一次燃起了她重逢的希望，也撩拨着她那青春的情思。希望，在盼望中又一次归于失望；情思，在等待中化成了悲怨。她不禁回想起生活的捉弄。她，一个倡家女，好不容易挣脱了欢场泪歌的羁绊，找到了心仪的郎君，希望过上正常人的生活；然而造化竟如此弄人，她不禁在心中呐喊："远行的荡子，为何还不归来，这冰凉的空床，叫我如何独守！"

通过对生活片段的描述，即景抒情的平凡手法，道出了极深的韵味，能在平凡中见出不平凡的境界来。

魏晋南北朝诗

　　魏晋南北朝时期，也出现了许多著名的诗歌。其中，较为著名的要算"魏晋风骨"，这个时期的作品真实地反映了社会的动乱和人民的苦难，抒发了建功立业的理想和积极进取的精神。同时也流露出人生短暂、壮志难酬的悲凉幽怨，意境宏大，笔调朗畅，具有鲜明的时代特色和个性特征以及雄健深沉、慷慨悲凉的艺术风格。本章着重选取了那些流传千古的名句及其诗歌，使我们更清晰地了解那个时期人们的思想精神与生活面貌。

老骥伏枥，志在千里

出　处

曹操的四言乐府诗《龟虽寿》

曹操，东汉末年杰出的政治家、军事家、文学家和书法家。字孟德，一名吉利，小字阿瞒，沛国谯（今安徽亳州）人。

原　文

龟虽寿

神龟虽寿[1]，犹有竟时。

腾蛇[2]乘雾，终为土灰。

老骥伏枥[3]，志在千里。

烈士暮年，壮心不已。

盈缩[4]之期，不但在天。

养怡之福，可得永年。

幸甚至哉，歌以咏志。

注　释

1. 神龟：传说中的通灵之龟，能活几千岁。寿，长寿

2. 腾蛇：传说中的一种龙，能乘云雾升天。

3. 骥：良马，千里马。伏：趴，卧。枥：马槽。

4. 盈缩：原指岁星的长短变化，这里指人的寿命长短。盈，增长。缩，亏，引申为短。

译　文

神龟虽然十分长寿，但生命终究会有结束的一天。

腾蛇尽管能腾云驾雾飞行，但终究也会死亡化为土灰。

年老的千里马虽然伏在马槽旁，雄心壮志仍是驰骋千里。

壮志凌云的人士即便到了晚年，奋发思进的心也永不止息。

人寿命长短，不只是由上天决定。

调养好身心，就一定可以益寿延年。

真是太幸运了，用歌唱来表达自己的思想感情吧。

赏　析

本诗熔哲理思考、慷慨激情和艺术形象于一炉，表现了诗人老当益壮、积极进取的人生态度，充满对生活的真切体验，有着真挚而浓烈的感情力量；哲理与诗情通过形象化的手法表现出来，述理、明志、抒情在具体的艺术形象中实现了完美的结合。

绕树三匝，何枝可依

出　处

曹操的《短歌行》

原　文

短歌行

对酒当歌，人生几何！譬如朝露，去日苦多。

慨当以慷[1]，忧思难忘。何以解忧？唯有杜康。

青青子衿，悠悠我心。但为君故，沉吟至今。

呦呦鹿鸣，食野之苹。我有嘉宾，鼓瑟吹笙[2]。

明明如月，何时可掇？忧从中来，不可断绝。

越陌度阡，枉用相存。契阔谈䜩，心念旧恩。

月明星稀，乌鹊南飞。绕树三匝[3]，何枝可依？

山不厌高，海不厌深。周公吐哺，天下归心。

注　释

1. 慨当以慷：指宴会上的歌声激昂慷慨。当以，这里为"应当用"的意思。本句意思是，应当用激昂慷慨（的方式来唱歌）。

2. 呦呦鹿鸣，食野之苹。我有嘉宾，鼓瑟吹笙：出自《诗经·小雅·鹿鸣》。呦呦：鹿叫的声音。苹：艾蒿。

3. 三匝：三周。匝，周，圈。

译　文

一边喝酒一边高歌，人生短促日月如梭。

好比晨露转瞬即逝，失去的时日实在太多！

席上歌声激昂慷慨，忧郁长久填满心窝。

靠什么来排解忧闷？唯有狂饮方可解脱。

那穿着青领（周代学士的服装）的学子哟，你们令我朝夕思慕。

只是因为您的缘故，让我沉痛吟诵至今。

阳光下鹿群呦呦欢鸣，悠然自得啃食在绿坡。

一旦四方贤才光临舍下，我将奏瑟吹笙宴请嘉宾。

当空悬挂的皓月哟，什么时候才可以拾到；

我久蓄于怀的忧愤哟，突然喷涌而出汇成长河。

远方宾客踏着田间小路，一个个屈驾前来探望我。

彼此久别重逢谈心宴饮，争着将往日的情谊诉说。

月光明亮星光稀疏，一群寻巢乌鹊向南飞去。

绕树飞了三周却没敛翅，哪里才有它们栖身之所？

高山不辞土石才见巍峨，大海不弃涓流才见壮阔。

我愿如周公一般礼贤下士，愿天下的英杰真心归顺我。

赏　析

这是一首乐府诗，具有极强的政治意义，主要是为曹操当时所实行的政治路线和政治策略服务。然而，它那政治内容和意义却完全熔铸在浓郁的抒情意境之中，全诗充分发挥诗歌创作的特长，准确而巧妙地运用比兴手法，达到了寓理于情、以情感人的目的。

诗中的名句"绕树三匝，何枝可依"，以情景来启发人们，切勿三心二意，要善于择枝而栖，赶紧到自己这一边来。生动地刻画了那些犹豫彷徨者的处境与心情，然而作者不仅丝毫未加指责，反而在浓郁的诗意中透露着对这些人的关心和同情。这恰恰说明曹操很会做思想工作，完全是以通情达理的姿态来吸引和争取人才。

本是同根生，相煎何太急

出　处

曹植的《七步诗》

曹植三国时期著名文学家，字子建，沛国谯县（今安徽省亳州市）人。是曹操的第三个儿子。作为建安文学的代表人物之一与集大成者，曹植在两晋南北朝时期，被推尊到文章典范的地位。其代表作有《洛神赋》《白马篇》《七哀诗》等。

原　文

七步诗

煮豆持作羹[1]，漉菽以为汁[2]。

萁在釜下燃[3]，豆在釜中泣[4]。

本是同根生，相煎[5]何太急？

注　释

1. 羹：用肉或菜做成的糊状食物。

2. 漉：过滤。菽（豉）：豆。这句的意思是说把豆子的残渣过滤掉，留下豆汁作羹。

3. 其：豆类植物脱粒后剩下的茎。釜：锅。燃：燃烧。

4. 泣：小声哭。

5. 煎：煎熬，这里指迫害。

译　文

锅里煮着豆子，是想把豆子的残渣过滤掉去，留下豆汁来作羹。

豆秸在锅底下燃烧，豆子在锅里面哭泣。

豆子和豆秸本来是同一条根上生长出来的，豆秸怎能这样急迫地煎熬豆子呢？

赏　析

此诗纯以比兴的手法出之，语言浅显，寓意明畅，无须多加阐释，只需于个别词句略加疏通，其意自明。诗人取譬之妙、用语之巧，而且在刹那间脱口而出，实在令人叹为观止。"本是同根生，相煎何太急"二句，千百年来已成为人们劝诫避免兄弟阋墙、自相残杀的普遍用语，说明此诗在人民中广为流传。

瓜田不纳履，李下不正冠

出　处

曹植的《君子行》

原　文

君子行

君子防未然，不处嫌疑间。

瓜田不纳履，李下不正冠[1]。

嫂叔不亲授，长幼不比肩。

劳谦得其柄，和光甚独难。

周公下白屋²，吐哺不及餐。

一沐三握发³，后世称圣贤。

注 释

1. 瓜田不纳履，李下不正冠：经过瓜田时，不要弯腰提鞋子；走在李树下面，不要举手整理帽子，免得别人怀疑你偷瓜摘李子。借以说明做任何事情都要注意避开容易发生嫌疑的地方。

2. 白屋：即贫家的住所。指房顶用白茅覆盖，或木材不加油漆。

3. 一沐三握发：是由"一饭三吐哺"简化而来。意思是，洗一次头，要三次握住头发，中止洗头来接待士人。吃一顿饭，要三次把食物吐出来，以回答士人提出的问题。这说明，一是周公勤于政事，寝食不安；二是周公礼贤下士，接待的贤士特别多。后世常以此形容求才殷切，礼贤下士，争取人才。

译 文

正人君子为了防止他人怀疑，不处于让人产生嫌疑的地方。

在瓜田里不弯腰提鞋子，在李子树下不整理帽子。

叔叔和嫂子之间不直接传递东西，长辈与晚辈不能肩并肩地行走。

即使辛勤地劳动，谦虚地待人，还是会落人于话柄，即便是在光天化日之下，自己也要很艰难地做到。

德高望重的周公礼贤下士，肯屈尊到贫寒的人家去，吃饭时不停地吐出口中的食物来回答贤士们的问题。

洗一次头发，要停下来三次握住头发，来接待士人，这样的人被后世称为圣贤。

赏 析

本诗道出了君子要谨遵礼法，以免做出引人侧目、怀疑的事情，道出了要做一位堂堂正正的君子的艰难。当然，这也是诗人对自己的要求，自然也是对世人的期许！后面几句通过周公礼贤下士的高洁品质，道出了圣贤的行为标准。全篇语言简洁明了，意蕴深远，思想高洁，正是那个时代的鲜明特征！在当时的魏晋大动荡时期，亦是文艺和思想的大繁荣时期，那个时候的士大夫在初期是比较有抱负和进取心的。作为当时的文人，作者怀抱利器，当然也有兼济天下的强烈愿望，也有强烈的自我要求，做堂堂正正的君子就是他的强烈自我要求之一。

久在樊笼里，复得返自然

出　处

陶渊明的《归园田居·其一》

陶渊明，诗人，文学家，辞赋家，散文家。字元亮（又一说名潜，字渊明），号五柳先生，东晋浔阳柴桑（今江西九江）人。曾做过几年小官，后因厌烦官场辞官回家，从此隐居，田园生活是陶渊明诗的主要题材，相关作品有《饮酒》《归园田居》《桃花源记》《五柳先生传》《归去来兮辞》等。

原　文

归园田居·其一

少无适俗韵，性本爱丘山。

误落尘网中，一去三十年[1]。

羁鸟[2]恋旧林，池鱼思故渊。

开荒南野际，守拙[3]归园田。

方宅十余亩，草屋八九间。

榆柳荫后檐，桃李罗堂前。

暧暧[4]远人村，依依墟里烟。

狗吠深巷中，鸡鸣桑树颠。

户庭无尘杂，虚室有余闲。

久在樊笼[5]里，复得返自然。

注 释

1. 三十年：有人认为是"十三年"之误（陶渊明做官十三年）。一说，此处是三又十年之意（习惯说法是十又三年），人意感"一去十三年"音调嫌平，故将十三年改为倒文。

2. 羁鸟：笼中之鸟。

3. 守拙：意思是不随波逐流，固守节操。

4. 暖暖：昏暗，模糊。

5. 樊笼：蓄鸟的工具，这里比喻官场生活。樊，藩篱，栅栏。

译 文

少小时就没有随俗气韵，自己的天性是热爱自然。

偶失足落入了仕途罗网，转眼间离田园已十余年。

笼中鸟常依恋往日山林，池里鱼向往着从前深渊。

我愿在南野际开垦荒地，保持着拙朴性归耕田园。

绕房宅方圆有十余亩地，还有那茅屋草舍八九间。

榆柳树荫盖着房屋后檐，争春的桃与李列满院前。

远处的邻村舍依稀可见，村落里飘荡着袅袅炊烟。

深巷中传来了几声狗吠，桑树顶有雄鸡不停啼唤。

庭院内没有那尘杂干扰，静室里有的是安适悠闲。

久困于樊笼里毫无自由，我今日总算又归返林山。

赏 析

这首诗是写作者因无法忍受官场的污浊与世俗的束缚，坚决地辞官归隐，躬耕田园。脱离仕途的那种轻松之感，返回自然的那种欣悦之情，还有清静的田园、淳朴的民风、躬耕的体验，使得这组诗成为杰出的田园诗章。

这组诗生动地描写了诗人归隐后的生活和感受，抒发了作者辞官归隐后的愉快心情和乡居乐趣，从而表现了他对田园生活的热爱；同时又隐含了对官场黑暗腐败的厌恶之感，表现了作者不愿同流合污，为保持完整人格和高尚情操而甘受田园生活的艰辛。

其中的名句"久在樊笼里，复得返自然"，道出了作者归隐田园的畅快的心境，一种如释重负的心情的自然流露。这样的结尾，既是用笔精细，又是顺理成章。

结庐在人境，而无车马喧

出　处

陶渊明的《饮酒·其五》

原　文

饮酒·其五

结庐[1]在人境，而无车马喧[2]。

问君何能尔？心远地自偏。

采菊东篱下，悠然见南山。

山气日夕[3]佳，飞鸟相与[4]还。

此中有真意，欲辨已忘言。

注　释

1. 结庐：建造住宅，这里为居住的意思。

2. 车马喧：指世俗的喧扰。

3. 日夕：傍晚。

4. 相与：相交，结伴。

译　文

居住在人世间，却没有车马的喧嚣。

问我为何能如此，只要心志高远，自然就会觉得所处地方僻静了。

在东篱之下采摘菊花，悠然间，那远处的南山映入眼帘。

山中的气息与傍晚的景色十分好，有飞鸟，结着伴儿归来。

这里面蕴含着人生的真正意义，想要辨识，却不知怎样表达。

赏　析

本诗表达了作者厌倦官场腐败，决心归隐田园，超脱世俗的追求的思想感情。

诗中的名句"结庐在人境，而无车马喧"意为，自己的住所虽然建造在人来人往的环境中，却听不到车马的喧闹。所谓"车马喧"是指有地位的人家门庭若市的情景。陶渊明说来也是贵族后代，但他跟那些沉浮于俗世中的人却没有什么来往，门前冷寂得很。这便有些奇怪，所以下句自问：你怎么能做到这样？而后就归结到这四句的核心——"心远地自偏"。精神上已经对这争名夺利的世界采取疏远、超脱、漠然的态度，所住的地方自然会变得僻静。"心远"是对社会生活轨道的脱离，必然导致与奔逐于这一轨道上的人群的脱离。

那么，排斥了社会的价值尺度，人从什么地方建立生存的基点呢？这就牵涉到陶渊明的哲学思想。这种哲学可以叫作"自然哲学"，它一方面强调自耕自食、俭朴寡欲的生活方式，另一方面重视人和自然的统一与和谐。

何意百炼钢，化为绕指柔

出　处

刘琨的《重赠卢谌》

刘琨：晋朝政治家、文学家、音乐家、军事家。字越石，中山魏昌（今河北无极县）人。

原　文

重赠卢谌

握中有悬璧，本自荆山璆[1]。

惟彼太公望，昔在渭滨叟。

邓生何感激，千里来相求。

白登幸曲逆，鸿门赖留侯。

重耳任五贤，小白相射钩。

苟能隆二伯[2]，安问党与雠？

中夜抚枕叹，想与数子游。

吾衰久矣夫，何其不梦周？

谁云圣达节，知命故不忧。

宣尼悲获麟，西狩涕孔丘。

功业未及建，夕阳忽西流。

时哉不我与，去乎若云浮[3]。

未实陨劲风，繁英落素秋。

狭路倾华盖，骇驷摧双辀[4]。

何意百炼刚，化为绕指柔。

注　释

1. 悬璧：用悬黎制成的璧。悬黎是美玉名。璆：玉。荆山，在今湖北省南漳县西。楚国卞和曾在此得璞玉。此二句以璆璧比卢谌品质之美。

2. 二伯：指重耳和小白。

3. 若云浮：言疾速。

4. 辀：车辕。以上四句比喻人生遭遇艰险挫折。

译　文

胸中的才德似悬黎玉璧，名门出身如荆山产的美玉。

那个文王的知遇贤臣姜尚，从前不过是渭水边一个钓鱼的老人。

为什么邓禹不远千里奋起追随光武帝，知刘秀识贤才从南阳渡黄河直奔邺城投明主。

白登山困高祖陈平用奇计解围，鸿门宴杀刘邦张良施筹谋脱险。

重耳流亡时多亏了五位贤臣相助，小白用管仲做丞相不计较射钩前嫌。

假如能像晋文齐桓兴王室襄夷狄建功业，谁还会计较同党还是仇敌？

半夜里拍着枕头感慨叹息，希望我们能像上述诸人一样建功立业。

也许是我早已衰老经不住打击，为什么久久地梦不见周公先贤。

谁说是圣人通达不拘于小的礼节，乐天知命而不会忧郁？

当西狩获麟时仲尼感伤不合时宜，对奇兽孔子抹着眼泪涕泣。

功业还没有来得及建立，人就像夕阳一样将要落下山去，时光不会停滞不前等待我们完成事业，它消失得如浮云飘过一样迅疾。

红熟的果子在凛冽的寒风中坠地，繁茂的花儿在霜降的秋天里飘落。

世途险恶在狭路上翻了车辆，折断了车辕惊骇了驾车的宝马。

怎么也不会想到百炼的钢铁梁子，如今变成可以在指头上缠绕的柔丝。

赏　析

　　此诗是一首悲壮苍凉的英雄末路、志士受困的述志诗。诗中通过典故向友人倾诉了胸怀大志而无法实现的遗憾和忧愤，抒发了自己为国出力的志愿和事业经受挫折的痛苦，揭示了个体生命在绝境中的悲哀与求生的欲望。其主旨是激励卢谌设法施救，与自己共建大业。全诗采用以实带虚的笔法，其口气明是直陈胸臆，又暗中照应着"赠卢"，在吐露心曲的同时对友人进行劝勉，责己劝人，句句双关，具有寓意深长、婉而有味的特点。

　　此诗中的名句"何意百炼刚，化为绕指柔"，意思是说，为何久经沙场、叱咤风云的铁骨英雄，变得如此的软弱无能呢？只有经过失败多难的人，才能够有这种切身的感悟。不管有多么强大，在死亡的路上委软如泥。声震百兽的老虎一旦掉入陷阱，喘气都是柔弱的。古人说"鸟之将死，其鸣也哀"，这是一种身不由己的哀鸣，是令人心酸的踏上人生绝路的哀鸣。结尾这两句在慷慨激昂的韵调中透出无限凄凉的意绪，将英雄失路的百端感慨表达得感人至深。

天苍苍，野茫茫，风吹草低见牛羊

出　处

　　南北朝时期的民歌《敕勒歌》

原　文

敕勒歌

敕勒川，阴山下。

天似穹庐[1]，笼盖四野[2]。

天苍苍[3]，野茫茫，

风吹草低见牛羊。

注　释

1. 穹庐：用毡布搭成的帐篷，即蒙古包。

2. 笼盖四野：笼盖，另有版本作"笼罩"（洪迈《容斋随笔》卷一和胡仔《苕溪渔隐丛话》后集卷三十一）；四野，草原的四面八方。

3. 天苍苍：苍，青。天苍苍，天蓝蓝的。

译　文

辽阔的敕勒平原，就在千里阴山下，天空仿佛是圆顶帐篷，广阔无边，笼罩着四面的原野。

天空蓝蓝的，原野辽阔无边。风儿吹过，牧草低伏，显露出原来隐没于草丛中的众多牛羊。

赏　析

这首民歌，勾勒出了北国草原壮丽富饶的风光，抒写敕勒人热爱家乡、热爱生活的豪情，境界开阔，音调雄壮，语言明白如话，艺术概括力极强。

"敕勒川，阴山下"，诗歌一开头就以高亢的音调，吟咏出北方的自然特点，无遮无拦，高远辽阔。这简洁的六个字，格调雄阔宏放，显出敕勒人雄强有力的性格。

"天似穹庐，笼盖四野"，这两句承上面的背景而来，极言画面之壮阔，天野之恢宏以如椽之笔勾画了一幅北国风貌图。

"天苍苍，野茫茫，风吹草低见牛羊"，"天""野"两句承上，且描绘笔法上略有叠沓，蕴涵着咏叹抒情的情调。作者运用叠词的形式，极力突出天空之苍阔、辽远，原野之碧绿、无垠。这两句显现出游牧民族博大的胸襟、豪放的性格。"风吹草低见牛羊"这最后一句是全文的点睛之笔，描绘出一幅殷实富足、其乐融融的景象。

这首歌具有鲜明的游牧民族的色彩，具有浓郁的草原气息。从语言到意境可谓浑然天成，它质直朴素、意韵真淳。无晦涩难懂之句，语言浅近明快、酣畅淋漓地抒写了游牧民族骁勇善战、彪悍豪迈的情怀。

唐诗

　　唐诗泛指创作于唐朝的诗。唐诗是中华民族最珍贵的文化遗产之一，是中华文化宝库中的一颗明珠，同时也对世界上许多民族和国家的文化发展产生了很大影响。

　　唐诗的表现形式和风格是多种多样，推陈出新的。它不仅继承了汉魏民歌、乐府传统，并且大大发展了歌行体的样式；不仅继承了前代的五言、七言古诗，并且发展为叙事言情的鸿篇巨制；不仅扩展了五言、七言形式的运用，还创造了风格特别优美整齐的近体诗。近体诗是当时的新体诗，它的创造和成熟，是唐代诗歌发展史上的一件大事。它把我国古曲诗歌的音节和谐、文字精练的艺术特色，推到前所未有的高度，为古代抒情诗找到一个最典型的形式，至今还为人们所喜闻乐见。最为重要的是，唐诗给后人留下了诸多吟唱千古的名句，是中华文化中的一朵"奇葩"！

山雨欲来风满楼

出　处

许浑的《咸阳城东楼》

许浑，晚唐最具影响力的诗人之一，其一生不作古诗，专攻律体；题材以怀古、田园诗为佳，艺术则以偶对整密、诗律纯熟为特色。其诗多描写水、雨之景，后人拟之与"诗圣"杜甫齐名，并以"许浑千首诗，杜甫一生愁"评价之。

原　文

咸阳城东楼

一上高城万里愁，蒹葭[1]杨柳似汀洲。

溪云初起日沉阁，山雨欲来风满楼。

鸟下绿芜秦苑夕，蝉鸣黄叶汉宫秋[2]。

行人莫问当年事，故国东来渭水流。

注　释

1. 蒹、葭：都是价值低贱的水草。

2. "鸟下"二句：夕阳下，飞鸟下落至长着绿草的秦苑中，秋蝉也在挂着黄叶的汉宫中鸣叫。

译　文

一登上咸阳高高的城楼，向南望去，远处烟笼蒹葭，雾罩杨柳，很像长江中的汀洲。夕阳西下时登上城楼，当时浓云从蟠溪上空涌来，一阵凉风吹来，大雨迫在眉睫。

两朝故都，都已成草树疯长的田野；禁苑深宫，而今绿芜遍地，黄叶满林；唯有寒蝉悲鸣，躲在深宫的枯桐。羁旅于此的人，还是不要追问旧朝的往事吧！秦汉故址上，只剩下渭水还如往昔一般，不息东流。

赏　析

此诗是诗人在宣宗大中三年（849 年）任监察御史时所写，当时的大唐王朝已经是"日薄西山、气息奄奄"了。一个秋天的傍晚，他一登上这高高的咸阳西楼，心中便涌起了无边的忧愁；此时诗人的愁思之情和吊古伤今之感袭上心头，交织在一起，于是即兴写下了这首诗，抒发了作者心中无尽的惆怅。

更上一层楼

出　处

王之涣的《登鹳雀楼》。

王之涣，盛唐时期的著名诗人，字季凌，汉族，绛州（今山西新绛县）人。豪放不羁，常击剑悲歌，其诗多被当时乐工制曲歌唱。名动一时，他常与高适、王昌龄等相唱和，以善于描写边塞风光著称。

原　文

登鹳雀楼

白日依山尽，黄河入海流。

欲穷[1]千里目，更上一层楼。

注　释

1. 欲穷：指想要达到终端。欲，想要，想得到，想达到。穷，穷尽。

译　文

一轮落日依傍着群山慢慢西沉，消失在视野的尽头，奔涌咆哮的黄河水滚滚而去，流归大海。若想看得更远，穷尽千里的风光，就要登上更高的一层城楼。

赏　析

诗的前两句描绘的是落日西下，黄河奔流的自然景色，意境开阔，将万里风光浓缩于咫尺之间，又在咫尺之内描画出万里河山气势磅礴的壮美景象，令人热血激昂、豪情万丈。后两句旨在写意，将景物、情境、哲理熔于一炉，表达登高放眼，不断开拓进取的精神。这首诗意境深远，气势恢宏，体现了诗人远大的胸襟抱负以及锐意进取、积极上进的可贵精神。

春风不度玉门关

出　处

王之涣的《出塞》

原　文

出塞

黄河远上白云间，一片孤城万仞山[1]。

羌笛何须怨杨柳[2]，春风不度玉门关[3]。

注　释

1. 孤城：指孤零零的戍边的城堡。仞：古代的长度单位，一仞相当于七尺或八尺。

2. 羌笛：古羌族主要分布在甘、青、川一带。羌笛是羌族乐器，属横吹式管乐。一种乐器。杨柳：《折杨柳》曲。

3. 不度：吹不到。度，吹到过。玉门关：汉武帝时置，因西域输入玉石取道于此而得名。故址在今甘肃敦煌西北小方盘城，是古代通往西域的要道。六朝时关址东移至今安西双塔堡附近。

译　文

从远方奔腾而来的黄河水，好像流向了茫茫的云海。漠北的孤城背倚着万仞高山。何必用羌笛吹奏《折杨柳》这怨曲埋怨春天姗姗来迟呢，自古春风就吹不到玉门关。

赏　析

这是一首雄阔苍凉的边塞诗，诗人用独特的视角描绘了远眺浩浩黄河，遥望边塞孤城的体验，烘托出了一种悲壮雄浑的氛围。边塞奇伟壮丽的景象虽有一抹诗意的悲凉，但悲凉之中又流露出一股慷慨沉郁的激情，驻守边陲的将士不能回到故乡，思乡时或多或少有些哀怨，但这种哀怨无关消极颓唐，而是壮而不悲。

每逢佳节倍思亲

出　处

王维的《九月九日忆山东兄弟》

王维，唐朝著名诗人、画家，字摩诘，号摩诘居士。河东蒲州（今山西运城）人，祖籍山西祁县。其精通诗、书、画、音乐等，其诗多咏山水田园，与孟浩然合称"王孟"，有"诗佛"之称。

原　文

九月九日忆山东兄弟

独在异乡为异客，每逢佳节倍思亲。

遥知兄弟登高处，遍插茱萸[1]少一人。

注　释

1 茱萸：是一种常绿带香的植物。佩茱萸，中国岁时风俗之一。在九月九日重阳节时爬山登高，臂上佩带插着茱萸的布袋（古时称"茱萸囊"）。

译　文

　　我独自漂泊在异地，成为异乡之客，每逢佳节到来都会倍加思念自己的亲人。遥想在今天的重阳节，家乡的兄弟在登高佩戴茱萸的时候，发现唯独少了我一个人。

赏　析

　　此诗是诗人因重阳节独在异地，思乡怀亲之情倍加强烈，因此有感而作。诗人借家乡兄弟按重阳节风俗登高佩戴茱萸独少自己一人，而感怀自己作为一个异乡人的孤独。全诗遣词造句朴实无华，情感表达深挚含蓄，曲折有致，尤其是"每逢佳节倍思亲"，道尽了天涯游子在佳节之际孤独凄然的处境以及对故土亲人的深深思念之情，这种感受是所有长期独居外地的异乡人所共通的，所以读来极为真实，具有一种不可名状、撼动人心的力量。

大漠孤烟直，长河落日圆

出　处

　　王维的《使至塞上》

原　文

使至塞上

单车[1]欲问边，属国过居延[2]。

征蓬出汉塞，归雁入胡天[3]。

大漠孤烟直，长河[4]落日圆。

萧关逢候骑，都护在燕然[5]。

注　释

　　1. 单车：一辆车，车辆少，这里形容轻车简从。

　　2. 居延：地名，汉代称居延泽，唐代称居延海，在今内蒙古额济纳旗北。

3. 胡天：胡人的领空。这里是指唐军占领的北方。

4. 长河：指流经凉州（今甘肃武威）以北沙漠的一条内陆河，这条河在唐代叫马成河，疑即今石羊河。

5. 燕然：燕然山，即今蒙古国杭爱山。

译　文

我乘坐着单车正欲慰问边疆（的将士），中途穿越蜀国，已经走过了居延。悠悠蓬草随风飘出了中原的边城，北归的大雁展翅翱翔于塞上的蓝天。无风的大漠中一缕孤烟直直地升起，浑圆的落日照耀着浩浩黄河。我在萧关遇到了侦察骑兵，他告诉我守卫边塞的最高指挥官现在燕然（前线指挥作战呢）。

赏　析

这是诗人奉命到边疆慰问边塞将士时创作的叙事抒情诗，诗中大部分描写的都是雄浑壮阔的塞上风光。浩瀚的戈壁、袅袅升起的笔直孤烟、一轮西沉的浑圆落日和滚滚流去的黄河，这些奇美的意象都是塞上典型的景色，诗人以粗犷的笔触，为我们描绘出了边陲大漠独特的美景。全诗气象雄浑，情景交融，画面波澜壮阔，情感表达也是一波三折。诗人轻车上路时，以随风飘飞的枯蓬和飞入"胡天"的"归雁"自比，流露出了孤独落寞的心情，结尾却笔锋一转，用"都护在燕然"表达了自己渴望建功立业的志向。

红豆生南国

出 处

王维的《相思》

原 文

相思

红豆[1]生南国，春来发几枝？

愿君多采撷[2]，此物最相思。

注 释

1. 红豆：又名相思子，一种生在江南地区的植物，结出的籽像豌豆而稍扁，呈鲜红色。

2. 采撷：采摘。

译 文

红豆生长在南国，春天到来时，它能发出多少新枝呢？希望你多采摘一些红豆来嵌饰佩带，因为它最能引起人们的相思之情。

赏 析

这首诗主要表达的是相思之情，却处处皆是红豆，显然是借咏物来寄托相思。红豆生长在南方，果实晶莹鲜红，宛若珊瑚般美丽，南方人喜欢采它来装点饰物。红豆又被称作"相思子"，诗人便是用它来关合相思之情，相思并不局限于男女之情，也可用来形容对朋友的思念之情，此诗便是诗人给好友李龟年的相思诗。全诗节奏明快，韵律和谐优美，一气呵成，语言朴实无华，含蓄委婉，情思温暖而绵长，表达了诗人对友谊的珍视。

曾经沧海难为水

出　处

元稹的《离思五首·其四》

元稹，唐朝著名诗人、文学家。字微之，别字威明，河南府东都洛阳（今河南洛阳）人。他聪明过人，少时即有才名，与白居易同科及第，并结为终生诗友，二人共同倡导新乐府运动，世称"元白"，诗作号为"元和体"。元稹的创作，以诗成就最大。其诗词言浅意哀，极为叩人心扉，感人肺腑。

原　文

离思五首·其四

曾经沧海难为水，除却巫山不是云。

取次花丛[1]懒回顾，半缘修道半缘君[2]。

注　释

1. 花丛：这里并非指自然界的花丛，乃借喻美貌女子众多的地方，暗指青楼妓馆。

2. 半缘：此指"一半是因为……"。修道：指修炼道家之术。此处阐明的是修道之人讲究清心寡欲。君：此指曾经心仪的恋人。

译　文

曾经领略过沧海之水，便觉得别处的水不足以称为水。曾经观赏过巫山的云海，便觉得除却巫山别处的云霭不足以称为云。即使从万紫千红的花丛中走过，我也懒得回望一眼，或许一半是因为修身养性的缘故，一半是因为你吧。

赏　析

这是一首婉转动人的爱情诗，诗人以沧海之水、巫山之云和花丛来喻人，表达了对心上人的赞美和眷恋，讴歌了忠贞不贰的爱情。在古典诗歌当中，不乏歌咏爱情的名篇，但此诗显得尤为深沉痴情，诗人用肯定加否定的形式，通过美妙的比喻，表达了对爱情的执着和专一，字里行间流露出了如水般的款款深情，含蓄隽永，感人至深。

一寸光阴一寸金

出　处

王贞白的《白鹿洞二首·其一》

王贞白，唐末五代十国著名诗人。字有道，号灵溪，信州永丰（今江西省上饶市广丰区）人。

原　文

白鹿洞二首·其一

读书不觉已春深，一寸光阴一寸金。

不是道人来引笑，周情孔思正追寻[1]。

注　释

1. 周：指周公礼法。孔：指孔子儒学，此诗句乃泛指经史之学。

译　文

我一直潜心读书，不知不觉已经到了春末时节。（对我而言）每一寸光阴都像黄金一样宝贵。如果不是被白鹿洞道人的逗笑打断了思绪，我现在还在认真地专研周公孔子的深奥精义呢。

赏　析

这首诗反映的是诗人刻苦钻研的读书生活，诗人用"一寸光阴一寸金"劝勉人们珍惜时间、勤奋学习，这句至理名言在后世被广泛传诵，成为流传千古的金玉良言。全诗语言浅白，平易近人，诗句流畅自然，不事雕琢，风格朴实无华，意蕴隽永。

润物细无声

出　处

杜甫的《春夜喜雨》

杜甫，唐代著名的诗人。字子美，汉族，本襄阳人，后徙河南巩县人。他在中国古典诗歌中的影响非常深远，被后人称为"诗圣"，他的诗被称为"诗史"。

原　文

春夜喜雨

好雨知时节，当春乃发生[1]。

随风潜[2]入夜，润物细无声。

野径云俱黑，江船火独明。

晓看红湿处[3]，花重锦官城[4]。

注　释

1. 乃：就。发生：萌发生长。

2. 潜：暗暗地，悄悄地。这里指春雨在夜里悄悄地随风而至。

3. 红湿处：指有带雨水的红花的地方。

4. 花重：花沾上雨水而变得沉重。锦官城：成都的别称。

译　文

及时的春雨仿佛知道时节似的，春天一到它就绵绵密密地下了起来，催万物生长。蒙蒙细雨伴着春风悄悄地在夜间降临，无声无息地滋润着自然界的万物。旷野的小路和天边的乌云一片昏暗，唯有江边船上的点点渔火显得分外明亮。等到天色破晓，看那雨水浸润过的红色花瓣，一定格外殷红美艳，整个锦官城都会是一派万紫千红的绚烂景象。

赏　析

　　这是一首别具一格的咏雨诗，诗人运用拟人化的手法，以细腻入微的笔触，为我们描绘了一幅淡雅、清幽的春夜雨景图，全诗意境如诗如画，文辞优美流畅，对春雨的描摹非常传神，不仅抓住了春雨细润无声的特点，还为我们描画出了明暗相生、优美动人的夜雨景致，结尾以天明时姹紫嫣红、饱含雨露的花色收笔，给人以无限美好的想象空间。

会当凌绝顶，一览众山小

出　处

　　杜甫的《望岳三首·其一》

原　文

望岳三首·其一

岱宗夫如何[1]？齐鲁青未了[2]。

造化钟神秀，阴阳割昏晓。

荡胸生曾云[3]，决眦入归鸟[4]。

会当凌绝顶[5]，一览众山小。

注　释

　　1. 岱宗：泰山亦名岱山或岱岳，在今山东省泰安市北。古代以泰山为五岳之首，诸山所宗，故又称"岱宗"。历代帝王凡举行封禅大典，皆在此山，这里是对泰山的尊称。夫：发音词，无实际意义，强调疑问语气。

　　2. 青：指山色。未了：不尽，不断。

　　3. 荡胸：心胸摇荡。曾：同"层"，重叠。

　　4. 决眦：眼角（几乎）要裂开。眦，眼角。这是由于极力张大眼睛远望归鸟入山所致。决，裂开。入，收入眼底，即看到。

5. 会当：终当，定要。凌：登上。凌绝顶，即登上最高峰。

译__文

泰山景致如何呢？它苍翠挺拔，横跨齐鲁大地，青青的山色没有尽头。造物者把所有雄奇瑰丽的景色都集中赋予了泰山，巍峨高大的山峰把山体的南麓和北麓分割成了一明一暗两部分，山的南北两侧就好像被分割成了晨夕两个时段。飘荡的层云荡涤着我的心灵，瞪目追踪飞入山林的归鸟，眼角就像要裂开一般。有朝一日，我一定要登上泰山之巅，站在高处俯瞰尽揽周围的群山，那时它们将会显得多么渺小。

赏__析

诗人通过不同的角度，为我们展现了巍巍泰山雄伟壮丽的景致，全诗紧扣"望岳"这个主题，由遥望到近观，而后是凝望和俯瞰。不仅写出了泰山"横看成岭侧成峰"的变化，还通过光线的分割、层云、归鸟等景象描摹了泰山气象万千的磅礴气势，并抒发了自己勇攀高峰的凌云壮志，全诗充溢着朝气蓬勃的浪漫气息。

家书抵万金

出__处

杜甫的《春望》

原__文

春望

国破山河在，城春草木深。

感时花溅泪[1]，恨别[2]鸟惊心。

烽火[3]连三月，家书抵万金。

白头搔[4]更短，浑欲不胜簪[5]。

注 释

1. 感时：为国家的时局而感伤。溅泪：流泪。

2. 恨别：怅恨离别。

3. 烽火：古时边防报警的烟火，这里指"安史之乱"的战火。

4. 搔：用手指轻轻地抓。

5. 浑：简直。欲：想，要，就要。胜：受不住，不能。

译 文

国都沦陷，但山河依旧，到了春天，长安城满目疮痍，荒草丛生。花朵似乎也为国运衰落而伤感，难过得垂下了眼泪。亲人离散，听到鸟鸣声也感到分外惊心。战火延绵持续了好几个月，一封珍贵的家书价值万两黄金。忧心忡忡的我，由于经常搔头思考，满头的白发越搔越短，稀疏得都快不能插发簪了。

赏 析

诗人通过描绘国都长安残破萧条的景色，抒发了对大唐盛极而衰的感伤之情。在国难当头之际，诗人心怀天下，忧国忧民，为"国破"而痛心疾首。加之与亲人离散，对家人倍加惦念，但在烽火连天的乱世，家书断绝，诗人的心境更加凄苦。国事、家事萦绕于心，诗人既感愤又哀伤，因此才会觉得繁华也能垂泪，鸟鸣也很惊心。末句用愁白的华发来强调自己的忧思之苦，基调悲壮，体现了诗人拳拳的爱国之心和炽热的爱国之情。

射人先射马，擒贼先擒王

出　处

杜甫的《前出塞九首·其六》

原　文

前出塞九首·其六

挽弓当挽强，用箭当用长。

射人先射马，擒贼先擒王。

杀人亦有限[1]，列国自有疆[2]。

苟能制侵陵[3]，岂在多杀伤。

注　释

1. 亦有限：是说也有个限度，有个主从。

2. 疆：边界。自有疆，是说总归有个疆界，饶你再开边。

3. 苟能：如果能。侵陵：侵犯。

译　文

拉弓要用最强韧的弓弦，射箭要用最长的利箭。射击敌人时要先射杀战马，擒拿贼寇要先擒获贼人的首领。杀伐要有限度，各国都有自己的疆界。只要能阻止敌人进犯就行了，打仗岂是为了多多杀戮？

赏　析

这是一首反战之作，诗人反对穷兵黩武，大肆杀戮，主张克敌制胜。诗人采用了先扬后抑的表现手法，上半部描写战场上如何配备精良的武器装备以及怎样靠谋略和勇武取胜，下半部笔锋一转，诗人提出用兵有法、杀伐有度的主张，认为多杀无意，一切应以"制侵陵"为限，各国若能守住自己的疆域，边界安定，没有必要兵戎相见。全诗朗朗上口，警句频出，妙语连珠，痛快淋漓，是一首兼具艺术性与思想性的上乘之作。

出师未捷身先死

出　处

杜甫的《蜀相》

原　文

蜀相

丞相祠堂[1]何处寻，锦官城[2]外柏森森。

映阶碧草自春色，隔叶黄鹂空好音。

三顾频烦天下计，两朝开济老臣心[3]。

出师未捷身先死，长使英雄泪满襟。

注　释

1. 丞相祠堂：即诸葛武侯祠，在今成都，晋李雄初建。

2. 锦官城：成都的别称。

3. 开：开创。济：扶助。

译　文

到哪里去寻找蜀国丞相诸葛亮的祠堂呢？它就坐落在成都城外柏树繁密的地方。青青芳草映衬着台阶呈现出迷人的春色，几只黄鹂鸟在树叶间穿行，发出婉转动听的声音。先主曾三顾茅庐商议天下大计，辅佐两朝开国一片赤诚之心。可惜率军讨伐魏国尚未告捷就因病身亡了，英雄们常为这样的憾事而泪溅衣裳。

赏　析

这是一首沉郁悲壮的咏史怀古诗，诗人游览武侯祠时，不禁联想到了传奇人物诸葛亮叱咤风云的精彩人生，他运筹帷幄，具有经天纬地之才，得刘备三顾茅庐礼贤下士委以重用，辅佐两朝开国，一片赤胆忠心，然而伐魏大业未成却身死军中，怎能不叫人惋惜呢？诗人通过咏史来表达英雄壮志未酬的遗恨。全诗结构紧凑，表达曲折婉转，由景及人，由缅怀瞻仰到回顾历史，层层递进，层次清晰，基调深沉豪迈，具有撼动人心的巨大感染力。

月是故乡明

出　处

杜甫的《月夜忆舍弟》

原　文

月夜忆舍弟[1]

戍鼓断人行[2]，秋边一雁声。

露从今夜白[3]，月是故乡明。

注　释

1. 舍弟：谦称自己的弟弟。

2. 戍鼓：戍楼上的更鼓。戍，驻防。断人行：指鼓声响起后，就开始宵禁。

3. 露从今夜白：指气节"白露"的那个夜晚。

译　文

戍楼上的更鼓声阻断了人们的行走，秋夜里一只离群孤雁的哀鸣声从边塞传了过来。白露节气从今夜开始，只有在故乡看月亮才是最明亮的。

赏　析

诗人创作此诗时，因为战乱与兄弟离散，兄弟生死未卜，音讯全无，诗人倍加惦念和担心，所听之音又非常凄切，所见之景又分外清冷，因此心情更加沉郁和哀伤。更鼓声响以后，街道上更无人影，边城一片荒凉和死寂的景象，失群的孤雁发出一阵阵悲切的哀鸣声，再次触动了诗人的愁思，诗人想到自己与兄弟天各一方，家已残破，不禁悲从中来。霜露显得更加清冷和苍白，而从此夜之后便进入了白露的节气，天气一天比一天寒冷，诗人的心也将一日日冷寂下去，只要是得不到兄弟平安的消息，没有与兄弟团聚，在诗人眼里，日日皆白露。

读书破万卷，下笔如有神

出　处

杜甫的《奉赠韦左丞丈二十二韵》

原　文

奉赠韦左丞丈二十二韵

纨绔不饿死，儒冠多误身[1]。丈人试静听，贱子请具陈。

甫昔少年日，早充观国宾。读书破万卷，下笔如有神。

赋料扬雄敌，诗看子建亲。李邕求识面，王翰愿卜邻。

自谓颇挺出，立登要路津[2]。致君尧舜上，再使风俗淳。

此意竟萧条，行歌非隐沦。骑驴十三载，旅食京华春。

朝扣富儿门，暮随肥马尘。残杯与冷炙，到处潜悲辛。

主上顷见征，欻然欲求伸。青冥却垂翅，蹭蹬无纵鳞。

甚愧丈人厚，甚知丈人真。每于百僚上，猥颂佳句新[3]。

窃效贡公喜，难甘原宪贫[4]。焉能心怏怏[5]，只是走踆踆[6]。

今欲东入海，即将西去秦。尚怜终南山，回首清渭滨。

常拟报一饭，况怀辞大臣。白鸥没浩荡[7]，万里谁能驯[8]？

注　释

1. 纨绔不饿死，儒冠多误身：纨绔，指富贵子弟。不饿死，不学无术却无饥饿之忧。儒冠多误身，指满腹经纶的儒生却穷困潦倒。

2.“自谓”二句：挺出：杰出。立登要路津：很快就要得到重要的职位。

3.“每于”二句：承蒙您经常在百官面前吟诵我新诗中的佳句，极力加以奖掖推荐。

4.“窃效”二句：贡公：西汉人贡禹。他与王吉为友，闻吉显贵，高兴得弹冠相庆，因为知道自己也将出头。杜甫说自己也曾自比贡禹，并期待韦济能荐拔自己。难甘：难以甘心忍受。原宪：孔子的学生，以贫穷出名。

5.怏怏：气愤不平。

6.跋踱：且进且退的样子。

7.白鸥：诗人自比。没浩荡：投身于浩荡的烟波之间。

8.谁能驯：谁能拘束我呢。

译 文

富家的子弟不会饿死，清寒的读书人大多贻误自身。

韦大人你可以静静地细听，我把自己的往事向你直陈。

我在少年时候，就充当参观王都的来宾。

先后读熟万卷书籍，写起文章，下笔敏捷好像有神。

我的辞赋能与扬雄匹敌，我的篇章跟曹植相近。

李邕寻求机会要和我见面，王翰愿意与我结为近邻。

自以为是一个超群突出的人，一定很快地身居要职。

辅助君王使他在尧舜之上，要使社会风尚变得敦厚朴淳。

平生的抱负全部落空，忧愁歌吟，绝不是想优游退隐。

骑驴行走了十三年，寄食长安度过不少的新春。

早上敲过豪富的门，晚上追随肥马沾满灰尘。

吃过别人的残汤剩饭，处处使人暗中感到艰辛。

不久被皇帝征召，忽然感到大志可得到展伸。

但自己像飞鸟折翅从天空坠落，又像鲤鱼不能跃过龙门。

我很惭愧，你对我情意宽厚，我深知你待我一片情真。

把我的诗篇举荐给百官们，朗诵着佳句，夸奖格调清新。

想效法贡禹让别人提拔自己，却又难忍受像原宪一样的清贫。

我怎能这样使内心烦闷忧愤，老是且进且退地厮混。

我要向东奔入大海，即将离开古老的西秦。

我留恋巍峨的终南山，还要回首仰望清澈的渭水之滨。

想报答你的"一饭之恩"，想辞别关心我的许多大臣。

让我像白鸥出现在浩荡的烟波间，飘浮万里有谁能把我纵擒？

赏　析

本诗是作者在困守长安十年时所写的求人援引的诗篇，这类社交性的诗作，因为带有明显的功利性，常人写来，往往曲意讨好对方，或有意贬低自己，露出阿谀奉承、俯首乞怜之相。杜甫在这首诗中却不卑不亢，直抒胸臆，将长期郁积的对封建统治者压制人才的不满倾吐出来，因此超越了常人。

在本诗中，作者主要运用了对比和顿挫的表现手法，抒发了胸中郁结的情思，如泣如诉，真切动人。这首诗体现了杜诗"沉郁顿挫"的风格。

安得广厦千万间，大庇天下寒士俱欢颜

出　处

杜甫的《茅屋为秋风所破歌》

原　文

茅屋为秋风所破歌

八月秋高风怒号，卷我屋上三重茅[1]。茅飞渡江洒江郊，高者挂胃长林梢，下者飘转沉塘坳。

南村群童欺我老无力，忍能对面为盗贼。公然抱茅入竹去，唇焦口燥呼不得，归来倚杖自叹息。

俄顷风定云墨色，秋天漠漠向昏黑[2]。布衾多年冷似铁，娇儿恶卧踏里裂。床头屋漏无干处，雨脚如麻未断绝。自经丧乱少睡眠，长夜沾湿何由彻！

安得广厦千万间，大庇天下寒士俱欢颜[3]，风雨不动安如山。呜呼！何时眼前突兀见此屋[4]，吾庐独破受冻死亦足。

注 释

1. 三重茅：几层茅草。三，泛指多。

2. 秋天漠漠向昏黑：指秋季的天空阴沉迷蒙，渐渐黑了下来。

3. 大庇：全部遮盖、掩护起来。庇，遮盖，掩护。寒士："士"原指士人，即文化人，但此处是泛指贫寒的士人们。俱：都。欢颜：喜笑颜开。

4. 突兀：高耸的样子，这里用来形容广厦。见：通"现"，出现。

译 文

八月里秋深，狂风怒号，狂风卷走了我屋顶上好几层茅草。茅草乱飞，渡过浣花溪，散落在对岸江边。飞得高的茅草缠绕在高高的树梢上，飞得低的飘飘洒洒沉落到池塘和洼地里。

南村的一群儿童欺负我年老没力气，竟忍心这样当面做"贼"抢东西，毫无顾忌地抱着茅草跑进竹林去了。我嘴唇干燥也喝不住，回来后拄着拐杖，独自叹息。

一会儿风停了，天空中乌云像墨一样黑，深秋天空阴沉迷蒙渐渐黑下来了。布被盖了多年，又冷又硬，像铁板似的。孩子睡觉姿势不好，把被子蹬破了。一下雨屋顶漏水，屋内没有一点儿干燥的地方，房顶的雨水像麻线一样不停地往下漏。安史之乱之后，我睡眠的时间很少，长夜漫漫，屋漏床湿，怎能挨到天亮。

如何能得到千万间宽敞高大的房子，普遍地庇覆天下贫寒的读书人，让他们开颜欢笑，房子在风雨中也不为所动，安稳得像是山一样？唉！什么时候眼前出现这样高耸的房屋，到那时即使我的茅屋被秋风所吹破，我自己受冻而死也心甘情愿！

赏　析

此诗叙述作者的茅屋被秋风所破，以致全家遭雨淋的痛苦经历，抒发了其内心的感慨，体现了诗人忧国忧民的崇高思想境界，是杜诗中的经典之作。全篇可分为四段，第一段写面对狂风破屋的焦虑；第二段写面对群童抱茅的无奈；第三段写遭受夜雨的痛苦；第四段写期盼广厦，将苦难加以升华。前三段是写实式的叙事，述自家之苦，情绪含蓄压抑；后一段是理想的升华，直抒忧民之情，情绪激越轩昂。前三段层层铺叙，为后一段的抒情奠定了坚实的基础，如此抑扬曲折的情绪变换，完美地体现了杜诗"沉郁顿挫"的风格。

朱门酒肉臭，路有冻死骨

出　处

杜甫的《自京赴奉先县咏怀五百字》

原　文

自京赴奉先县咏怀五百字（节选）

暖客貂鼠裘，悲管逐清瑟。

劝客驼蹄羹，霜橙压香橘[1]。

朱门酒肉臭，路有冻死骨。

荣枯[2]咫尺异，惆怅[3]难再述。

注　释

1. "暖客"四句：描写贵族生活豪华奢侈。

2. 荣枯：繁荣、枯萎。此喻朱门的豪华生活和路边冻死的尸骨。

3. 惆怅：言感慨、难过。

译　文

供客人保暖的，是貂鼠皮袄，朱弦、玉管，正演奏美妙的乐章。

劝客人品尝的，是驼蹄羹汤，香橙、金橘，都来自遥远的南方。

那朱门里啊，富人家的酒肉飘散出诱人的香气，这大路上啊，冻饿死的穷人有谁去埋葬！

相隔才几步，就是苦乐不同的两种世界，人间的不平事，使我悲愤填胸，不能再讲！

赏　析

本诗作于天宝五载（746 年）。当时的杜甫怀抱"致君尧舜上，再使风俗淳"的崇高理想来到长安，渴望"立登要路津"。但事与愿违，他屡受挫折，连生活也难以维持。他亲身体验，并且广泛了解了下层人民的苦难，洞察了"朱门务倾夺，赤族迭罹殃"的社会矛盾，因此诗歌创作出现了空前的飞跃。

语不惊人死不休

出　处

杜甫的《江上值水如海势聊短述》

原　文

江上值水如海势聊短述

为人性僻耽[1]佳句，语不惊人死不休。

老去诗篇浑漫与[2]，春来花鸟莫深愁。

新添水槛供垂钓，故着³浮槎替入舟。

焉得思如陶谢手，令渠⁴述作与同游。

注 释

1. 耽：爱好，沉迷。

2. 浑：完全，简直。漫与：随意付与。这话不能死看，杜甫老年时作诗也并不轻率，不过由于功夫深了，他自己觉得有点近于随意罢了。

3. 故着：设置。

4. 令渠：跟他们。

译 文

我为人情性孤僻，醉心于作诗，写出来的诗句一定要惊人，否则不肯罢休。

到老来作诗还是很平庸，就不用再为春花秋鸟增添愁怀了。

前不久门前修了个水槛，供凭栏垂钓之用，有时乘上木筏子也可以当作小船用。

真希望能找到陶潜和谢灵运这一类人做朋友，跟他们一起吟诗，同游山水才好呢！

赏 析

这首诗是诗人面对如大海般汹涌的江水，抒发内心感受的叙怀之作。诗人站在江边，看到波涛滚滚的气势，引发了他无限的感慨。他审视了自己的创作："为人性僻耽佳句，语不惊人死不休。"诗人自谓平生特别喜欢、刻意追求最能表情达意的诗句，然而这种追求，在别人看来简直是有些古怪、有些乖僻。但这确实就是"我"的态度，达不到语出惊人的地步，"我"是决不罢休的。这两句诗道出了杜甫诗作的特色，反映了他认真严谨的写作态度。

一去紫台连朔漠，独留青冢向黄昏

出　处

杜甫的《咏怀古迹五首·其三》

原　文

咏怀古迹五首·其三

群山万壑赴荆门，生长明妃[1]尚有村。

一去紫台[2]连朔漠，独留青冢向黄昏。

画图省识春风面[3]，环佩空归夜月魂。

千载琵琶作胡语，分明怨恨曲中论。

注　释

1. 明妃：指王昭君。
2. 紫台：汉宫，紫宫，宫廷。
3. 春风面：形容王昭君的美貌。

译　文

汹涌的江水穿过千山万壑奔赴荆门，此地尚留存着明妃王昭君生长的乡村。当年她离开汉宫远嫁塞外荒漠，而今只留下一座长满青草的坟冢面向黄昏。汉文帝仅凭画图大致辨识王昭君的容貌（由于看图不看人，造成了王昭君殁于塞外的悲剧），昭君佩戴着环佩在月夜下归魂。琵琶弹奏的胡地音调流传千载，曲中抒发的分明是她去国的无尽怨恨。

赏　析

这是一首怀古咏史诗，诗人借昭君出塞的历史故事，寄托家国身世之慨。当时诗人正客居在王昭君的故乡，游览古迹时感慨万千，对于这位长于名邦，却魂归大漠的美丽女子寄寓了深切的同情，遂创作此诗，通过塑造昭君月夜归魂的形象，来表达其去国之怨，寄托自己颠沛流离、思念故土之苦，借昭君因为画图失真而错过君王遗恨终生的经历，传达自己仕途失意、理想破灭的哀怨。

千秋万岁名，寂寞身后事

出 处

杜甫的《梦李白》

原 文

梦李白

浮云终日行，游子[1]久不至。

三夜频梦君，情亲见君意。

告归常局促[2]，苦道来不易。

江湖多风波，舟楫恐失坠。

出门搔白首，若负平生志。

冠盖满京华，斯人独憔悴。

孰云网恢恢[3]，将老身反累。

千秋万岁名，寂寞身后事。

注 释

1. 游子：此指李白。

2. 局促：不安、不舍的样子。

3. 孰云：谁说。网恢恢：《老子》有"天网恢恢，疏而不漏"的话。此处指法网恢恢。这句意思是：谁说天网宽疏，对你却过于严酷了。

译 文

天上浮云日日飘来飘去，远游的故人却久去不归。

夜晚我梦中屡屡见到你，可知你对我的深情厚意。

分别时你总是神色匆匆，总说能来相见多么不易。

江湖上航行多险风恶浪，担心你的船被掀翻沉没。

出门时搔着满头的白发，悔恨辜负自己平生之志。

高车丽服显贵塞满京城，才华盖世你却容颜憔悴。

谁能说天理公道无欺人，迟暮之年却无辜受牵累。

即使有流芳千古的美名，难以补偿遭受的冷落悲戚。

赏　析

这首记梦诗，分别按梦前、梦中、梦后叙写，依清人仇兆鳌说，诗以四、六、六行分层，所谓"一头两脚体"。上篇写初次梦见李白时的心理，表现对故人吉凶生死的关切；下篇写梦中所见李白的形象，抒写对故人悲惨遭遇的同情。上篇的忧惧之情专为李白而发，下篇的不平之气兼含诗人自身的感慨。总之，此诗是分工而又合作，相关而不雷同，全为至诚至真之文字。

但见新人笑，哪闻旧人哭

出　处

杜甫的《佳人》

原　文

佳人

绝代有佳人，幽居在空谷。

自云良家子，零落依草木。

关中昔丧败[1]，兄弟遭杀戮。

官高何足论，不得收骨肉[2]。

世情恶衰歇，万事随转烛。

夫婿轻薄儿，新人已如玉。

合昏[3]尚知时，鸳鸯不独宿。

但见新人笑，那闻旧人哭。

在山泉水清，出山泉水浊。

侍婢卖珠[4]回，牵萝[5]补茅屋。

摘花不插发，采柏动盈掬[6]。

天寒翠袖薄，日暮倚修竹[7]。

注　释

1. 丧败：死亡和祸乱，指遭逢"安史之乱"。
2. 骨肉：指遭难的兄弟。
3. 合昏：夜合花，叶子朝开夜合。
4. 卖珠：因生活穷困而卖珠宝。
5. 牵萝：拾取树藤类枝条。也是写佳人的清贫。
6. 采柏：采摘柏树叶。动：往往。
7. 修竹：高高的竹子。比喻佳人高尚的节操。

译　文

有一个美艳绝代的佳人，隐居在僻静的深山野谷。

她说："我是良家的女子，零落漂泊才与草木依附。

想当年长安丧乱的时候，兄弟遭到了残酷的杀戮。

官高显赫又有什么用呢，不得收养我这至亲骨肉。

世情本来就是厌恶衰落，万事像随风抖动的蜡烛。

没想到夫婿是个轻薄儿，又娶了美颜如玉的新妇。

合欢花朝舒昏合有时节，鸳鸯鸟雌雄交颈不独宿。

朝朝暮暮只与新人调笑，哪管我这个旧人悲哭?!"

在山的泉水清澈又透明，出山的泉水就要浑浊浊。

变卖首饰的侍女刚回来，牵拉萝藤修补着破茅屋。

摘来野花不爱插头打扮，采来的柏子满满一大掬。

天气寒冷美人衣衫单薄，夕阳下她倚着长长青竹。

赏　析

本诗既指出了社会问题，又体现了诗人的主观寄托。诗中人物悲惨的命运与高尚的情操形成了强烈的对比，既让人同情，又令人敬佩。诗人用"赋"的手法描写佳人的悲苦生活，同时用"比兴"的手法赞美了她高洁的品质。全诗含蓄蕴藉，耐人寻味，感人肺腑，能强烈地引起读者的共鸣，是杜甫诗中的佳作。

全诗分三段，每段八句。第一段写佳人家庭的不幸遭遇。第二段佳人倾诉被丈夫抛弃的不幸。第三段赞美佳人虽遭不幸，尚能洁身自持的高尚情操。其中诗中的佳句"合昏尚知时，鸳鸯不独宿。但见新人笑，那闻旧人哭"，以形象的比喻，写负心人的无义与绝情，被抛弃的人伤心痛苦。在佳人倾诉个人不幸，慨叹世情冷漠的言辞中，充溢着悲愤不平的情绪。"新""旧"与"笑""哭"，形成了强烈的对照，指出被遗弃女子声泪俱下的痛苦之状，如在眼前，给人以高远的画面感。

此曲只应天上有，人间能得几回闻

出　处

杜甫的《赠花卿》

原　文

赠花卿

锦城丝管日纷纷[1]，半入江风半入云。

此曲只应天上[2]有，人间能得几回闻[3]。

注　释

1. 纷纷：形容乐曲轻柔悠扬。

2. 天上：双关语，虚指天宫，实指皇宫。

3. 几回闻：本意是听到几回。此处意思是说人间很少听到。

译　文

锦官城里的音乐声轻柔悠扬，一半随着江风飘去，一半飘入了云端。

这样的乐曲只应该天上有，人间哪能听见几回？

赏　析

这首绝句，字面上明白如白话，但对它的主旨，历来颇具争议。有人认为它只是赞美乐曲，并无弦外之音；有人则认为它表面上是在赞美乐曲，实际上却含讽刺，拥有劝诫的意味。但仅从字面上分析，它俨然是一首十分出色的乐曲赞美诗。"锦城丝管日纷纷"，锦城，即成都；丝管，指弦乐器和管乐器；纷纷，本意是既多而乱的样子，通常是用来形容那些看得见、摸得着的具体事物的，这里却用来比状看不见、摸不着的抽象的乐曲，这就从人的听觉和视觉的通感上，化无形为有形，极其准确、形象地描绘出弦管那种轻悠、柔靡、杂错而又和谐的音乐效果。"半入江风半入云"也是采用同样的写法：那悠扬动听的乐曲，从花卿家的宴席上飞出，随风荡漾在锦江上，冉冉飘入蓝天白云间。这两句诗，使读者真切地感受到了乐曲的那种"行云流水"般的美妙。两个"半"字空灵活脱，给全诗增添了不少的情趣。

乐曲如此之美，作者禁不住慨叹说："此曲只应天上有，人间能得几回闻。"天上的仙乐，人间当然难得一闻，难得闻而竟闻，愈见其妙得出奇了。

白日放歌须纵酒，青春作伴好还乡

出　处

杜甫的《闻官军收河南河北》

原　文

闻官军收河南河北

剑外忽传收蓟北，初闻涕泪满衣裳。

却看妻子愁何在，漫卷诗书喜欲狂[1]。

白日放歌须纵酒，青春作伴好还乡[2]。

即从巴峡穿巫峡[3]，便下襄阳[4]向洛阳。

注　释

1. 漫卷：胡乱地卷起。是说杜甫已经迫不及待地整理行装准备回家乡去了。喜欲狂：高兴得简直要发狂。

2. 青春：指春天的景物。作者想象春季还乡，旅途有宜人景色相伴。作伴：与妻儿一同。

3. 巫峡：长江三峡之一，因穿过巫山得名。

4. 襄阳：在今属湖北。

译　文

剑门关外，喜讯忽传，官军收复冀北一带。高兴之余，泪满衣裳。

回望妻子儿女，也已一扫愁云，随手卷起书，全家欣喜若狂。

老夫想要纵酒高歌，结伴春光同回故乡。

我的心魂早已高飞，从巴峡穿过巫峡，再到襄阳直奔洛阳。

赏　析

此诗写于代宗广德元年（763 年），该年延续七年多的"安史之乱"，终于结束。作者喜闻蓟北光复，想到可以携眷还乡，喜极而泣，这种激情是人所共有的。全诗毫无半点修饰，情真意切。读了这首诗，我们可以想象作者当时对着妻儿侃侃讲述捷报，手舞足蹈，惊喜欲狂的神态。

无边落木萧萧下，不尽长江滚滚来

出　处

杜甫的《登高》

原　文

登高

风急天高猿啸哀，渚清沙白鸟飞回。

无边落木萧萧[1]下，不尽长江滚滚来。

万里悲秋常作客[2]，百年多病独登台。

艰难苦恨繁霜鬓[3]，潦倒新停浊酒杯。

注　释

1. 萧萧：形容草木飘落的声音。

2. 常作客：长期漂泊他乡。

3. 艰难：兼指国运和自身命运。繁霜鬓：增多了白发，如鬓边着霜雪。繁，这里作动词，增多。

译　文

风急天高猿猴啼叫显得十分悲哀，水清沙白的河洲上有鸟儿在盘旋。

无边无际的树木萧萧地飘下落叶，望不到头的长江水滚滚奔腾而来。

悲对秋景感慨万里漂泊常年为客，一生当中疾病缠身今日独上高台。

历尽了艰难苦恨白发长满了双鬓，衰颓满心偏又暂停了浇愁的酒杯。

赏　析

全诗通过登高所见秋江景色，倾诉了诗人常年漂泊、老病孤愁的复杂感情，慷慨激越、动人心弦。

此诗前四句写登高见闻。首联对起。诗人围绕夔州的特定环境，用"风急"二字带动全联，一开头就是千古流传的佳句。夔州素以猿多著称，峡口更以风大闻名。秋日天高气爽，这里却猎猎多风。诗人登上高处，峡中不断传来"高猿长啸"之声，大有"空谷传响，哀转久绝"的意味。诗人移动视线，由高处转向江水洲渚，在水清沙白的背景上，点缀着迎风飞翔、不住回旋的鸟群，真是一幅精美的图画。

本诗集中表现了夔州秋天的典型特征。诗人仰望茫无边际、萧萧而下的木叶，俯视奔流不息、滚滚而来的江水，在写景的同时，便深沉地抒发了自己的情怀。"无边""不尽"，使"萧萧""滚滚"更加形象化，不仅使人联想到落木窸窣之声、长江汹涌之状，也无形中传达出韶光易逝，壮志难酬的感怆。通过沉郁悲凉的对句，显示了出神入化之笔力，确有"建瓴走坂""百川东注"的磅礴气势。

一骑红尘妃子笑

出　处

杜牧的《过华清宫三首·其一》

杜牧，唐代杰出诗人、散文家。字牧之，号樊川居士，京兆万年（今陕西西安）人。他的诗歌以七言绝句著称，内容以咏史抒怀为主，其诗英发俊爽，多切经世之物，在晚唐成就颇高。

原　文

过华清宫[1]三首·其一

长安回望绣成堆[2]，山顶千门[3]次第开。

一骑红尘妃子笑[4]，无人知是荔枝来。

注　释

1. 华清宫：华清宫在骊山上，唐开元十一年（723 年）初置温泉宫。唐天宝六载（747 年）改为华清宫，又叫长生殿。

2. 绣成堆：骊山右侧有东绣岭，左侧有西绣岭。唐玄宗在岭上广种林木花卉，郁郁葱葱。

3. 千门：形容山顶宫殿壮丽，门户众多。

4. 红尘：这里指飞扬的尘土。妃子：指杨贵妃。

译　文

从长安回首遥望骊山，只见建筑错落、花木扶疏，宛若一堆锦绣，山顶上华清宫的一扇扇宫门依次打开。一骑驰来踏起滚滚烟尘，引得杨贵妃嫣然一笑，没有人知道是南方的荔枝被送到皇城里来了。

赏　析

诗人截取了唐玄宗兴师动众命人飞骑为杨贵妃传荔枝的历史事实，深刻鞭挞了统治者骄奢堕落的腐朽本质。这首诗是诗人途径华清宫，从长安城回望骊山时，感怀于唐朝统治者穷奢极欲、误国殃民而作。

霜叶红于二月花

出　处

杜牧的《山行》

原　文

山行

远上寒山石径斜¹，白云生处有人家。

停车坐爱枫林晚²，霜叶红于二月花。

注　释

1. 寒山：指深秋季节的山。斜：倾斜的意思。
2. 坐：因为。枫林晚：傍晚时的枫树林。

译　文

曲曲折折的石砌小路一直绵延至山顶，白云飘荡的地方隐隐约约现出几户人家。我不由自主地把车停下来欣赏这傍晚枫林的美景，那经过秋霜浸染的枫叶比二月烂漫的春花还要红艳呢。

赏　析

这首诗描写的是诗人在一个深秋的傍晚驱车游山，被色彩瑰丽的山林秋景深深吸引，于是停下了前进的脚步，陶醉于红枫遍野的美景之中。"寒山""石径""白云""人家""枫林"构成了一幅优美和谐的图画，诗人并没有平铺笔墨，而是轻重有度，主次分明，以火红的枫林作为重点描述对象，绘出了一幅色彩浓烈的山林秋意图。

蜡烛有心还惜别，替人垂泪到天明

出　处

杜牧的《赠别》

原　文

赠别

多情却似总无情，唯觉樽[1]前笑不成。

蜡烛有心还惜别，替人垂泪到天明。

注　释

1. 樽：酒杯。

译　文

聚首如胶似漆作别却像无情；只觉得酒筵上要笑笑不出声。

案头蜡烛有心它还依依惜别；你看它替我们流泪流到天明。

赏　析

这一首着重写惜别，描绘与友人在筵席上难分难舍的情怀。首句写离筵之上压抑无语，似乎冷淡无情；次句以"笑不成"点明并非无情，而是郁悒感伤，实乃多情，回应首句。

在本诗中，诗人用精练流畅、清爽俊逸的语言，表达了悱恻缠绵的情思，风流蕴藉，意境深远，余韵不尽。就诗本身而论，表现的感情还是极为深沉、真挚的。牡牧为人刚直有节，敢论大事，却也不拘小节，好歌舞，风情颇张，本诗亦可见此意。

商女不知亡国恨，隔江犹唱后庭花

出　处

杜牧的《泊秦淮》

原　文

泊秦淮

烟笼寒水月笼沙，夜泊秦淮近酒家。

商女[1]不知亡国恨，隔江犹唱后庭花[2]。

注　释

1. 商女：以卖唱为生的歌女。

2. 后庭花：歌曲《玉树后庭花》的简称。南朝陈皇帝陈叔宝（即陈后主）沉溺于声色，作此曲与后宫美女寻欢作乐，终致亡国，所以后世称此曲为"亡国之音"。

译　文

浩渺寒江之上弥漫着迷蒙的烟雾，皓月的清辉撒在白色沙渚之上。入夜，我将小舟泊在秦淮河畔，临近酒家。

金陵歌女似乎不知何为亡国之恨黍离之悲，竟依然在对岸吟唱着淫靡之曲《玉树后庭花》。

赏　析

本诗是即景感怀的，金陵城曾是六朝的都城，繁华一时。目睹如今唐朝国势日衰，当权者昏庸荒淫，不免要重蹈六朝的覆辙，作者无限感伤。首句写景，先竭力渲染水边夜色的清淡素雅；第二句叙事，点明夜泊地点；第三、四句感怀，由"近酒家"引出商女之歌，酒家多有歌妓，自然洒脱；由歌曲之靡靡，牵出"不知亡国恨"，抨击豪绅权贵沉溺于声色，含蓄深沉；由"亡国恨"推出"后庭花"的曲调，借陈后主鞭笞权贵荒淫，深刻犀利。

清明时节雨纷纷，路上行人欲断魂

出　处

杜牧的《清明》

原　文

清明

清明时节雨纷纷，路上行人欲断魂[1]。

借问[2]酒家何处有？牧童遥指杏花村。

注　释

1. 欲断魂：形容伤感极深，好像灵魂要与身体分开一样。断魂，神情凄迷，烦闷不乐。这两句是说，清明时，阴雨连绵，飘飘洒洒下个不停；如此天气，如此时节，路上行人情绪低落，神魂散乱。

2. 借问：请问。

译　文

清明节这天细雨纷纷，路上远行的人好像断魂一样迷乱凄凉。

问一声牧童哪里才有酒家，他指了指远处的杏花村。

赏　析

这是一首写清明景色的小诗，全诗一个难字也没有，一个典故也不用，整篇是十分通俗的语言，写得自如之极，毫无造作之痕。全诗的音节极为和谐圆满，景象非常清新、生动，而又境界优美、兴味隐跃。诗的篇法也很自然，是顺序的写法。第一句交代情景、环境、气氛，是"起"；第二句是"承"，写出了人物，显示了人物凄迷纷乱的心境；第三句是"转"，然而也就提出了如何摆脱这种心境的办法；而这就直接逼出了第四句，成为整篇的精彩所在——

"合"。在艺术上，这是由低而高、逐步上升、高潮放在最后的手法。所谓高潮，却又不是一览无遗、索然兴尽，而是余韵邈然，耐人寻味。

海内存知己，天涯若比邻

出 处

王勃的《送杜少府之任蜀州》

王勃，唐代文学家、诗人。字子安，出身儒学世家，与杨炯、卢照邻、骆宾王并称为"王杨卢骆""初唐四杰"。他自幼聪敏好学，据《旧唐书》记载，他六岁即能写文章，文笔流畅，被赞为"神童"。代表作品有《滕王阁序》等。

原 文

送杜少府之任蜀州

城阙辅三秦¹，风烟望五津²。

与君离别意，同是宦游人。

海内存知己，天涯若比邻。

无为³在歧路，儿女共沾巾。

注 释

1. 城阙辅三秦：城阙，即城楼，指唐代京师长安城。辅，护卫。三秦，指长安城附近的关中之地，即今陕西省潼关以西一带。秦朝末年，项羽破秦，把关中分为三区，分别封给秦国的三个降将，所以称三秦。

2. 五津：指岷江的五个渡口，即白华津、万里津、江首津、涉头津、江南津。这里泛指蜀州。

3. 无为：无须、不必。

译　文

三秦之地拱卫着都城长安的城垣宫阙，透过渺渺的风尘烟雾似乎能望见蜀州岷江的五大渡口。与你离别时心中满怀着深深的情谊，你我都怀有惜别之情，因为我们同是远离故土、在宦海中沉浮的人。四海之内只要有知己存在，即使远隔天涯也好像近在咫尺一样。请不要在分别的岔路口像小儿女那样悲伤哭泣，任泪水打湿佩巾。

赏　析

这是一首脍炙人口的送别诗，虽然字里行间满含着依依别情，但诗人却一改多数送别诗悲苦伤感的情调，而是以明朗的口吻劝勉友人不要为此刻的离别悲伤，因为深厚的友情可以打破地域的阻隔，四海之内只要有真心朋友在，纵使远隔万里也像近在眼前一样。此诗格调明快，行文跌宕，意境阔达，尤其是"海内存知己，天涯若比邻"两句，生动地概括了山高水长的真挚友谊，将美好的友情提升到了一种美学境界，这既是对朋友的劝慰和叮咛，也是自己真实心声的吐露，堪为诗句中的不世经典。

天涯共此时

出　处

张九龄的《望月怀远》

张九龄，唐代诗人、政治家、文学家、名相。字子寿，一名博物，韶州曲江（今广东省韶关市）人，世称"张曲江"或"文献公"。他的五言古诗，诗风清淡，以素练质朴的语言，寄托深远的人生慨望，对扫除唐初所沿袭的六朝绮靡诗风，贡献尤大。有《曲江集》。被誉为"岭南第一人"。

原 文

望月怀远

海上生明月，天涯共此时。

情人怨遥夜¹，竟夕²起相思。

灭烛怜光满³，披衣觉露滋。

不堪盈手⁴赠，还寝梦佳期。

注 释

1. 情人：多情的人，指作者自己；一说指亲人。遥夜：长夜。怨遥夜：因离别而幽怨失眠，以致抱怨夜长。

2. 竟夕：终宵，即一整夜。

3. 怜光满：爱惜满屋的月光。

4. 盈手：双手捧满之意。盈，满，指满当当的充盈的状态。

译 文

一轮明月从茫茫无际的海面上缓缓升起，此刻你我都在天涯共望（这轮初升的明月）。有情人怨恨无尽的漫漫长夜，整晚夜不能寐，时刻都被相思所苦。熄灭烛火以后，任月光撒满屋子，披上衣衫顿感冷露寒凉。无法把这迷人的月色拱手捧给你，只盼望在梦里与你相见。

赏 析

这首诗写的是诗人在海边望月、观赏迷离的月色时，遥想远方的亲人也在共望同一轮明月，思念之情更甚，于是寄情于明月，来抒发自己不尽的相思不眠之苦。古人望月思乡，写出了不少名篇佳句，在浩如烟海的古典诗歌中，借明月寄相思的诗歌比比皆是，但像此诗这样意境如此雄浑阔大的诗篇并不多见。全诗四分之三的篇幅都在描写月光、月色，句句不同，各极其妙，起承转合浑然天成，字里行间诗华气韵流动，体现了诗人不俗的艺术功底。

野火烧不尽，春风吹又生

出　处

白居易的《赋得古原草送别》

白居易，唐代伟大的现实主义诗人。字乐天，号香山居士，又号醉吟先生，生于河南新郑。代表作有《白氏长庆集》传世，代表诗作有《长恨歌》《卖炭翁》《琵琶行》等。

原　文

赋得古原草送别

离离原上草，一岁一枯荣[1]。

野火烧不尽，春风吹又生。

远芳侵古道[2]，晴翠[3]接荒城。

又送王孙[4]去，萋萋[5]满别情。

注　释

1. 枯：枯萎。荣：茂盛。本句意为野草每年都会茂盛一次，枯萎一次。

2. 远芳：草香远播。侵：侵占，长满。

3. 晴翠：草原明丽翠绿。

4. 王孙：本指贵族后代，此指远方的友人。

5. 萋萋：形容草木长得茂盛的样子。

译　文

荒原上的野草长得多么茂盛，每年都要经历一次秋枯春荣。即使燎原的野火也不能将野草全部烧尽，春风一吹，它又开始蓬勃地生长。青青芳草湮没了古道，翠绿的草色一直蔓延到荒凉的古城。我又一次送自己的好友远行，萋萋芳草代表着我的一片深情。

赏　析

　　诗人借歌咏古原上长势茂盛的野草，来表达惜别之情。这是一曲欢快激扬的野草颂，进而升华成对生命的高度礼赞，以此来衬托坚不可摧的友情。因此可以说它既是一首咏物诗，也是一首送别诗，写景抒情堪称绝唱，尤其是"野火烧不尽，春风吹又生"这两句，韧劲十足，为全诗增色不少，因此得以流传千古，成为脍炙人口的佳句。

乱花渐欲迷人眼

出　处

　　白居易的《钱塘湖春行》

原　文

钱塘湖春行

孤山寺[1]北贾亭西，水面初平云脚低。

几处早莺争暖树，谁家新燕啄春泥[2]。

乱花渐欲迷人眼[3]，浅草才能没马蹄。

最爱湖东行不足，绿杨阴里白沙堤。

注　释

　　1. 孤山寺：南北朝时期陈文帝初年建，名承福，宋时改名广华。孤山，在西湖的里、外湖之间，因与其他山不相接，所以称孤山。山上有孤山亭，可俯瞰西湖全景。

　　2. 新燕：刚从南方飞回来的燕子。啄：衔取。

　　3. 迷人眼：使人眼花缭乱。

译　文

　　从孤山寺北面漫步到贾公亭西侧，春水初涨湖面刚好与堤岸平齐，白云低垂，与波澜不兴的湖水连成一片。几只早早离开巢穴的黄莺竞相飞向向阳的暖树栖息，谁家新来的飞燕忙着啄泥筑巢呢。色彩缤纷的繁花令人眼花缭乱，渐渐要迷住人的双眼，尚未长高的春草浅浅的，刚刚能遮没马蹄。我最喜爱湖东的风景，怎么游览赏玩都不够，尤其喜欢青青杨柳荫掩映的白沙堤。

赏　析

这首诗描写的是早春西湖的旖旎风光，诗人用细腻的笔触和诗意的语言为我们描绘了西湖堤岸的明媚春光，表达了对大自然的赞叹和热爱之情。全诗格调欢悦，气氛活泼，字里行间透露出春行的雅致闲情，且用词精准，语言平浅近人，意境优美，堪称吟咏西湖的名篇佳作。

千呼万唤始出来，犹抱琵琶半遮面

出　处

白居易的《琵琶行》

原　文

琵琶行（节选）

移船相近邀相见，添酒回灯[1]重开宴。

千呼万唤始出来，犹抱琵琶半遮面。

转轴拨弦三两声，未成曲调先有情。

注　释

1. 回灯：重新拨亮灯光。回，再。

译　文

我们移船靠近邀请她出来相见，叫下人添酒回灯重新摆起酒宴。

千呼万唤她才缓缓地走出来，怀里还抱着琵琶半遮着脸面。

转紧琴轴拨动琴弦试弹了几声，尚未成曲调那形态就非常有情。

赏 析

"千呼万唤始出来，犹抱琵琶半遮面"两句，道出了琵琶女受到邀请出来时抱着琵琶羞涩的神情，写出了她的温柔美丽，也为后文写她描述自己不幸的身世埋下了伏笔。

此时无声胜有声

出 处

白居易的《琵琶行》

原 文

琵琶行（节选）

间关莺语花底滑，幽咽泉流冰下难[1]。

冰泉冷涩弦凝绝，凝绝不通声暂歇。

别有幽愁暗恨生，此时无声胜有声。

注 释

1. 幽咽：遏塞不畅状。冰下难：泉流在冰下受阻难通，形容乐声由流畅变为冷涩。

译 文

琵琶声一会儿像花底下宛转流畅的鸟鸣声，一会儿又像水在冰下流动受阻艰涩低沉、呜咽断续的声音。

好像冰泉冷涩琵琶声开始凝结，凝结而不通畅声音渐渐地中断。像另有一种愁思幽恨暗暗滋生，此时闷闷无声却比有声更动人。

赏 析

"别有幽愁暗恨生，此时无声胜有声"这两句道出了琵琶女弹奏的最高潮，显示了琵琶女高超的弹奏艺术。

同是天涯沦落人，相逢何必曾相识

出　处

白居易的《琵琶行》

原　文

琵琶行（节选）

我闻琵琶已叹息，又闻此语重唧唧[1]。

同是天涯沦落人，相逢何必曾相识！

我从去年辞帝京，谪居卧病浔阳城。

浔阳地僻无音乐，终岁不闻丝竹声。

注　释

1. 重："重新，重又"之意。唧唧：指叹声。

译　文

我听琵琶的悲泣早已摇头叹息；又听到她这番诉说更叫我悲凄。我们俩同是天涯沦落的可悲人；今日相逢何必问是否曾经相识！自从去年我离开繁华的长安京城；被贬居在浔阳江畔常常卧病。浔阳这地方荒凉偏僻没有音乐；一年到头听不到管弦的乐器声。

赏　析

"同是天涯沦落人，相逢何必曾相识"，表达了对沦落天涯共同命运的满腔幽愤，同病相怜互相慰藉。作者与琵琶女之间，虽然出身、经历有很大的不同，但是也有相似之处：一个"本是京城女"，一个"去年辞帝京"，都是从京都长安来到遥远地僻的江州；一个是名满京都的艺人，一个是才华横溢的大诗人，都有出类拔萃的才能；一个因色衰而嫁商人，一个因直言相谏而遭贬，都有由荣至衰的不幸遭遇，都同样怀着满腹的"幽愁暗恨"，过着冷落凄清的寂寞生活。正因为如此，诗人写琵琶女高超的技艺，正是为了通过表现琵琶女的悲凉身世来唤起人们对琵琶女的同情；而诗人写琵琶女的悲凉身世又是为了表现自己仕途上的失意，抒发郁积在心中的左迁之愁、贬谪之恨。这正是作者的写作动机，这两句是全诗的主题所在。

可怜身上衣正单，心忧炭贱愿天寒

出　处

白居易的《卖炭翁》

原　文

卖炭翁

卖炭翁，伐薪烧炭南山中。

满面尘灰烟火色，两鬓苍苍十指黑。

卖炭得钱何所营？身上衣裳口中食。

可怜[1]身上衣正单，心忧炭贱愿天寒。

夜来城外一尺雪，晓驾炭车辗冰辙。

牛困人饥日已高，市南门外泥中歇。

翩翩两骑来是谁[2]？黄衣使者白衫儿[3]。

手把文书口称敕，回车叱牛牵向北。

一车炭，千余斤，宫使驱将惜不得。

半匹红绡一丈绫，系向牛头充炭直。

注　释

1. 可怜：使人怜悯。

2. 翩翩：轻快洒脱的情状。这里形容得意忘形的样子。骑：骑马的人。

3. 黄衣使者：指皇宫内的太监。白衫儿：指太监手下的爪牙。

译　文

有位卖炭的老翁，整年在南山里砍柴烧炭。

他满脸灰尘，显出被烟熏火燎的颜色，两鬓头发灰白，十个手指也被炭烧得很黑。

卖炭得到的钱用来干什么？买身上穿的衣裳和嘴里吃的食物。

可怜他身上只穿着单薄的衣服，心里却担心炭卖不出去，还希望天更寒冷。

夜里城外下了一尺厚的大雪，清晨，老翁驾着炭车碾轧冰冻的车轮印往集市上赶去。

牛累了，人饿了，但太阳已经升得很高了，他们就在集市南门外泥泞中歇息。

那得意忘形的骑着两匹马的人是谁啊？是皇宫内的太监和太监的手下。

太监手里拿着文书，嘴里却说是皇帝的命令，吆喝着牛朝皇宫拉去。

一车的炭，一千多斤，太监差役们硬是要赶着走，老翁是百般不舍，但又无可奈何。

那些人把半匹红纱和一丈绫，朝牛头上一挂，就充当炭的价钱了。

赏　析

本诗用写实手法描绘了卖炭老翁的悲惨生活。诗人以"卖炭得钱何所营？身上衣裳口中食"两句展现了几乎濒于生活绝境的老翁的唯一希望，这是全诗的诗眼，其他一切描写，都集中于这个诗眼。在表现手法上，则灵活地运用了陪衬和反衬。以"两鬓苍苍"突出年迈，以"满面尘灰烟火色"突出"伐薪、烧炭"的艰辛，再以荒凉险恶的南山做陪衬，老翁的命运就更激起了人们的同情。而这一切，正反衬出老翁希望之火的炽烈：卖炭得钱，买衣买食。老翁"衣正单"，再以夜来的"一尺雪"和路上的"冰辙"作为陪衬，使人更感到老翁可怜。而这一切，正反衬了老翁希望之火的炽烈：天寒炭贵，可以多换些衣和食。接下去，"牛困人饥"和"翩翩两骑"，反衬出劳动者与统治者境遇的悬殊；"一车炭，千余斤"和"半匹红绡一丈绫"，反衬出"宫市"掠夺的残酷。而就全诗来说，前面表现希望之火的炽烈，正是为了反衬后面希望化为泡影的可悲可痛。

"可怜身上衣正单，心忧炭贱愿天寒。"这是脍炙人口的名句。"身上衣正单"，自然希望天暖。然而，这位卖炭翁是把解决衣食问题的全部希望寄托在"卖炭得钱"上的，所以他"心忧炭贱愿天寒"，在冻得发抖的时候，一心盼望天气更冷。诗人如此深刻地理解卖炭翁的艰难处境和复杂的内心活动，只用十多个字就真切地表现了出来，又用"可怜"两字倾注了无限的同情，催人泪下。

在天愿作比翼鸟，在地愿为连理枝

出 处

白居易的《长恨歌》

原 文

长恨歌（节选）

七月七日长生殿，夜半无人私语时。

在天愿作比翼鸟[1]，在地愿为连理枝[2]。

天长地久有时尽，此恨绵绵无绝期[3]。

注 释

1. 比翼鸟：传说中的鸟，据说只有一目一翼，雌雄并在一起才能飞。

2. 连理枝：两株树木树干相抱。古人常用此比喻情侣相爱、永不分离。

3. 恨：遗憾。绵绵：连绵不断。

译　文

当年七月七日长生殿中，夜半无人，我们共起山盟海誓。

在天愿为比翼双飞鸟，在地愿为并生连理枝。

即使是天长地久，也总会有尽头，但这生死遗恨，却永远没有期限。

赏　析

《长恨歌》是一篇长篇叙事诗，其中的"长恨"是其主旨，故事的焦点，也是埋在诗中的一颗牵动人心的种子。而"恨"什么，为何要"长恨"，诗人不是直接铺叙、抒写出来，而是通过他笔下诗化的故事，一层一层地展示给读者，让其去揣摩、去回味、去感受。

"在天愿作比翼鸟，在地愿为连理枝"两句，在艺术上有着高超的感染力，这婉转动人、缠绵悱恻的情感誓言，读起来荡气回肠，具有极强的感染力。

一道残阳铺水中，半江瑟瑟半江红

出　处

白居易的《暮江吟》

原　文

暮江吟

一道残阳铺水中，半江瑟瑟[1]半江红。

可怜[2]九月初三夜，露似真珠月似弓[3]。

注 释

1. 瑟瑟：原意为碧色珍宝，此处指碧绿色。

2. 可怜：可爱。

3. 真珠：即珍珠。月似弓：农历九月初三，上弦月，其弯如弓。

译 文

一道残阳渐渐沉入江中，半江碧绿半江艳红。

最可爱的是那九月初三之夜，亮似珍珠的朗朗新月形如弯弓。

赏 析

全诗构思奇妙，描绘了夕阳西下时的壮美景色。本诗摄取两幅幽美的自然界的画面，一幅是夕阳西沉、晚霞映江的绚丽景象，一幅是弯月初升、露珠晶莹的朦胧夜色。两者分开看各具佳景，合起来读更显妙境，诗人又在诗句中妥帖地加入比喻的写法，使景色倍显生动。由于这首诗渗透了诗人远离朝廷后轻松愉悦的情绪，因而又使全诗成了诗人特定境遇下审美心理功能的艺术载体。

春蚕到死丝方尽，蜡炬成灰泪始干

出 处

李商隐的《无题》

李商隐，晚唐著名诗人。字义山，号玉溪生，又号樊南生，祖籍怀州河内（今河南焦作沁阳），出生于郑州荥阳（今河南郑州荥阳市），和杜牧合称"小李杜"。他是晚唐乃至整个唐代，为数不多的刻意追求诗美的诗人。他擅长诗歌写作，骈文文学价值也很高，其诗构思新奇、风格秾丽，尤其是一些爱情诗和无题诗写得缠绵悱恻，优美动人，广为传诵。

原　文

无题

相见时难别亦难，东风无力百花残。

春蚕到死丝方尽，蜡炬成灰泪始干[1]。

晓镜但愁云鬓改[2]，夜吟应觉月光寒[3]。

蓬山[4]此去无多路，青鸟殷勤为探看[5]。

注　释

1. 蜡炬：蜡烛。泪始干：泪，指燃烧时的蜡烛油，这里取双关义，指相思的眼泪。

2. 晓镜：早晨梳妆照镜子。镜，用作动词，照镜子的意思。云鬓：女子多而美的头发，这里比喻青春年华。

3. 应觉：设想之词。月光寒：指夜渐深。

4. 蓬山：蓬莱山，传说中海上仙山，指仙境。

5. 青鸟：神话中为西王母传递音讯的信使。殷勤：情谊恳切深厚。

译　文

相见不易，离别时也是难分难舍，暮春时节东风消歇，百花凋残。结茧的春蚕直到死方把所有的丝吐完，蜡烛要完全燃成灰烬烛泪才能干涸。女子早晨对镜梳妆，只担忧自己一头秀美的乌发变成银丝。男子在夜色中吟诗，也许会觉得月光刺骨清寒。对方就住在附近的蓬莱山，但交通不畅，无路可通，真希望有青鸟一样的使者代自己探望她。

赏　析

这首诗描写的是痴男怨女的离愁别绪，全篇皆围绕"别亦难"展开，感情基调缠绵悱恻、哀婉动人，诗人借一对有情人离别后的相思，歌咏了忠贞不渝、地老天荒的爱情。这首诗情感表达极为细腻真切，从头至尾都贯穿着一种哀伤凄恻、缠绵缱绻而又执着热烈的情感，诗人从不同的层面着力描摹热恋中人相隔两地备受煎熬的复杂感情，情思绵邈，诗境唯美，堪称是爱情诗中的绝唱。

此情可待成追忆

出　处

李商隐的《无题》

原　文

无题

锦瑟无端五十弦，一弦一柱思华年。

庄生晓梦迷蝴蝶[1]，望帝春心托杜鹃[2]。

沧海月明珠有泪，蓝田日暖玉生烟。

此情可待成追忆？只是当时已惘然。

注　释

1. 庄生晓梦迷蝴蝶：此句出处《庄子·齐物论》："昔者庄周梦为蝴蝶，栩栩然蝴蝶也；自喻适志与！不知周也。俄然觉，则蘧蘧然周也。不知周之梦为蝴蝶与？蝴蝶之梦为周与？"作者引庄周梦蝶的故事，以言人生如梦，往事如烟之意。

2. 望帝春心托杜鹃：传说蜀国的杜宇帝因为火灾让位于自己的臣子，而自己则隐归山林，死后化为杜鹃日夜悲鸣啼出血来。

译　文

锦瑟为何会有五十根琴弦，每根琴弦、每个音节都令人想起逝去的大好年华。我心如庄子，为化蝶的清梦而痴迷怅惘，又似化身杜鹃鸟的望帝，以啼血的悲鸣寄托一片春心哀怨。沧海茫茫，皓月明净，鲛人泣泪成珠。蓝田的红日温煦和暖，美玉含烟。如此情怀岂待今朝回忆，只是当时自己漫不经心、浑然不觉罢了。

赏　析

诗人大量地运用隐喻和典故，以丰富的想象把听觉印象转化为可视化的朦胧意象，以秦帝破弦、庄生梦蝶、子规啼血、鲛人泣珠、美玉生烟等典故，含蓄而曲折地表达了对逝去年华的追思，以及对苦楚境遇的感叹。此诗多处用典，营造出了一种迷离恍惚的意境，情调低回哀婉，情感表达既幽约深婉又浓烈厚重，十分打动人心。

身无彩凤双飞翼，心有灵犀一点通

出　处

李商隐的《无题》

原　文

无题

昨夜星辰昨夜风，画楼西畔桂堂东[1]。

身无彩凤双飞翼，心有灵犀[2]一点通。

隔座送钩春酒暖，分曹射覆蜡灯红[3]。

嗟余听鼓应官[4]去，走马兰台[5]类转蓬。

注　释

1. 画楼、桂堂：都是指富贵人家的屋舍。

2. 灵犀：旧说犀牛有神异，角中有白纹如线，直通两头。

3. 分曹：分组。射覆：在覆器下放着东西让人猜。分曹、射覆未必是实指，只是借喻宴会时的热闹。

4. 应官：犹上班。

5. 兰台：即秘书省，掌管图书秘籍。

译 文

昨夜有斑斓的星辉和习习凉风做伴，我们在画楼西畔、桂堂之东宴饮。我的身上没有彩凤的翅膀，不能与你比翼齐飞，但我们的心是息息相通的，无论何时何地都能心照不宣。在那次宴席上，我们互相猜钩嬉戏，隔座对饮，气氛热烈，美酒暖人心田。分组行酒令时，烛火泛着红光。可叹我听到更鼓报晓声就要匆匆忙忙当差，一路策马赶到兰台，就像蓬草一样随风飘转。

赏 析

这首诗描写的是诗人与佳人良宵宴饮的故事，诗人以细致入微的笔触，将微妙的心理活动和难以言传的复杂情感描绘得朦胧婉转又入木三分。诗人以曲笔来回顾昨夜与佳人欢聚的场面，全诗意境唯美，字里行间弥漫着浪漫的气息，尤其是"身无彩凤双飞翼，心有灵犀一点通"两句脍炙人口，堪称不可多得的名言佳句。

却话巴山夜雨时

出 处

李商隐的《夜雨寄北》

原 文

夜雨寄北¹

君问归期未有期，巴山夜雨涨秋池²。

何当共剪西窗烛³，却话⁵巴山夜雨时。

注 释

1. 寄北：寄给北方的人。诗人当时在巴蜀（现在四川省），他的亲友在长安，所以说"寄北"。这首诗表达了诗人对亲友的深刻怀念。

2. 巴山：指大巴山，在陕西南部和四川东北交界处。这里泛指巴蜀一带。秋池：秋天的池塘。

3. 剪西窗烛：剪烛，剪去燃焦的烛芯，使灯光明亮。这里形容深夜秉烛长谈。"西窗话雨""西窗剪烛"用作成语，所指也不限于夫妇，有时也用以表达朋友间的思念之情。

4. 却话：回头说，追述。

译　文

你问我归家的日期，我现在尚未确定，此时我唯一能告诉你的就是，巴山的夜里淅淅沥沥地下起了雨，绵绵不尽的雨水已经涨满了秋天的河池。你我何时才能重聚，共剪西窗烛花，那时我再向你倾诉巴山夜雨的况味。

赏　析

这首饱含深情的七绝是诗人身在巴蜀时，写给长安城的妻子的抒情诗，内容是关于诗人回复归期的。诗人前两句以问答的形式展开，向对方娓娓述说自己归期未定，深夜听雨的境况。后两句以重逢的喜悦来反衬秋夜独自守窗听雨的孤寂。全诗情感表达曲折变化，跌宕有致，修辞不落痕迹，让人百读不厌。

诗的首句为对妻子的答复，语言质朴、自然，次句"巴山夜雨涨秋池"写的是眼前之景，表达了羁旅之愁和对妻子的思念之苦，淅淅沥沥、绵绵不绝的夜雨，正如诗人心头千头万绪的愁思，剪不断，理还乱，而风雨交加的阴冷环境更加剧了诗人的孤独和寂寞之感。虽然诗人没有直接述说自己内心的愁苦，然而我们依然能够感受到他在巴山的夜晚独自赏雨、听雨的心情。

诗的后两句，诗人并没有倾诉自己独居异地的孤苦，而是另辟新境，憧憬起与妻子团聚的欢乐场景来。"何当"表明了愿望之强烈，心情之急迫，"共剪西窗烛"则显得浪漫而温馨，"却话巴山夜雨时"表明诗人想要与妻子共同分享所思所感的意愿。这两句诗是诗人对美好未来的想象，但描绘得越是甜蜜，就越发令人心酸，因为此时诗人独听巴山夜雨，独剪西窗残烛，面对着无涯的漫漫长夜，久久不能成眠，而且无法确定自己的归期，苦闷之情可想而知。

碧海青天夜夜心

出　处

李商隐的《嫦娥》

原　文

嫦娥

云母屏风¹烛影深，长河渐落晓星沉²。

嫦娥应悔偷灵药，碧海青天夜夜心。

注　释

1. 云母屏风：用云母做的屏风。此言嫦娥在月宫中独处，夜晚，唯有烛影和屏风相伴。

2. "长河"句：银河逐渐向西倾斜，晓星也将隐没，又一个孤独的夜过去了。

译　文

华贵的云母屏风映着残烛浓深的烛影，银河渐渐西落，晨星也沉没于黎明的曙色晓光中。月宫中的嫦娥想必十分后悔偷吃了长生不老的灵药，而今只能一个人孤独地望着碧海青天，夜夜寒心。

赏　析

这首诗咏叹的是奔月的嫦娥，这位月宫仙子虽然实现了青春永驻的梦想，却要承受永恒的孤寂之苦，独自空对碧海青天，夜夜伤心，以致后悔当初偷吃了长生不老药，失去了作为一个凡人的幸福。诗人借广寒宫中独居的嫦娥寂寞孤苦的处境，表达一种哀怜自伤之感，高处不胜寒的嫦娥与清高拔俗的诗人何其相似，这份孤子寂寞是两者共有的，所以诗人借嫦娥的悔心，表达自己伤感复杂的情绪。

前两句描写的是主人公长夜难寐的情景。室内陈设华美，云母屏风奢华清冷，摇曳的烛影色调越发深浓，说明烛火越来越微弱，光越来越黯淡，表明夜已深。室外，银河渐渐西垂，几颗寥落的晨星缓缓沉没，说明此时正处于将晓未晓之际，暗示主人公一夜未眠。"渐"字写出了时间的推移，也揭示出了主人公长夜难寐的煎熬心情。

后两句是主人公对月宫嫦娥的哀叹，主人公孤枕难眠，望着天空中寂寥的一轮孤月，便想起了广寒宫中独居的嫦娥，主人公于是便觉得嫦娥和自己是同病相怜的，其实最懂嫦娥心的是同样高处不胜寒的诗人，"应悔"二字表明嫦娥羡慕凡人的幸福，也暗示着诗人渴求俗世的温暖和幸福。

夕阳无限好，只是近黄昏

出　处

李商隐的《乐游原》

原　文

乐游原

向晚意不适[1]，驱车登古原。

夕阳无限好，只是近[2]黄昏。

注　释

1. 意不适：心情不舒畅。

2. 近：维持不了多长时间了。

译　文

傍晚时分，他的心情不快，驾上车登上古时的乐游庙。

只见夕阳放射出迷人的余晖，夕阳是多么得好，然而这一切美景将转瞬即逝，不久会被那夜幕所笼罩。

赏　析

这是一首反映作者伤感情绪的诗。当诗人为派遣"意不适"的情怀而登上乐游原时，看到了一轮辉煌灿烂的黄昏斜阳，于是发出感慨。

后两句"夕阳无限好，只是近黄昏"，意为西下的太阳无限得美好，只是再美好，也只是接近黄昏。道出了作者的惆怅感伤之情。傍晚时分，诗人郁郁不乐地登上长安的乐游原，只见一轮红日西斜，显得无限美丽，于是情不自禁地唱出了："夕阳无限好，只是近黄昏。"夕阳纵然美好，可惜也维持不了多长时间，寓有诗人既赞赏而又惋惜的感情！

一片冰心在玉壶

出　处

王昌龄的《芙蓉楼送辛渐》

王昌龄，盛唐著名的边塞诗人。字少伯，河东晋阳（今山西太原）人。其诗以七绝见长，尤以登第之前赴西北边塞所作边塞诗最著名，有"诗家夫子王江宁"之誉，被后人誉为"七绝圣手"。

原　文

芙蓉楼送辛渐[1]

寒雨连江[2]夜入吴，平明[3]送客楚山孤。

洛阳亲友如相问，一片冰心在玉壶[4]。

注　释

1. 辛渐：诗人的一位朋友。
2. 连江：雨水与江面连成一片，形容雨很大。
3. 明：天亮的时候。
4. 冰心：比喻纯洁的心。玉壶：道教妙真道教义，专指自然无为虚无之心。

译　文

寒夜的冷雨笼罩这吴地的江天，清晨送走好友，眼前只剩下楚山的孤影。洛阳的亲友如果问起我的近况，就说我的心灵依旧像玉壶中的冰一样纯洁无瑕，没有受到名缰利锁和世风世情的玷污。

赏　析

这是一首别出心裁的送别诗，此诗重点不在朋友话别的离愁别绪上，而是借送别表白自己的心迹，表现诗人矢志不渝地坚守信念，维系纯洁人格的可贵追求。前两句写的是眼前之景，诗人用连绵的寒雨和孤峙静默的楚山，来表达自己惜别故友的孤寂之感。后两句诗人以纯洁晶莹的玉壶冰心自比，表现自己光明磊落的品格和不为世俗所污的高风亮节。

但使龙城飞将在，不教胡马度阴山

出　处

王昌龄的《出塞》

原　文

出塞

秦时明月汉时关，万里长征人未还。

但使[1]龙城飞将在，不教胡马[2]度阴山。

注__释

1. 但使：只要。
2. 胡马：指侵扰中原的少数民族骑兵。

译__文

秦汉时的明月和边关旧貌不改，奔赴万里戍边的征人还没有归还。假如龙城的飞将李广至今尚在，绝不会让胡马翻过阴山。

赏__析

这是一首气势昂扬的边塞诗，诗人并没有浓墨重彩地描述苍凉雄阔的塞上风光，也没有描写惊心动魄的战争场面，而是将笔触聚焦在了月照边关亘古不变的场景和征人的心理活动上，表达了对边塞战争的反思，流露出了对朝廷不能任人唯贤的深切不满，诗以豪言壮语收尾，流露出了炽热如火的爱国激情。

二月春风似剪刀

出__处

贺知章的《咏柳》

贺知章，唐代诗人、书法家。字季真，晚年自号"四明狂客""秘书外监"，越州永兴（今浙江杭州萧山区）人。少时以诗文知名，诗文以绝句见长，除祭神乐章、应制诗外，其写景、抒怀之作风格独特，清新潇洒，其中以《咏柳》《回乡偶书》等脍炙人口，千古传诵。

原__文

咏柳

碧玉妆成一树高[1]，万条垂下绿丝绦。

不知细叶谁裁出，二月春风似剪刀。

注　释

1. 碧玉：碧绿色的玉。这里用以比喻春天嫩绿的柳叶。妆：装饰，打扮。

译　文

高高的柳树长满了嫩绿的枝叶，仿佛是用碧玉装饰而成，柔嫩轻柔的柳枝低垂着，仿佛万条随风飘动的绿色丝带。这一片片纤细的嫩叶，是谁的一双巧手精心剪裁出来的呢？原来是这二月的春风，和煦温暖，恰似一把灵巧的剪刀，裁出了这一丝丝的细叶。

赏　析

诗人借咏柳来歌咏春天，既写出了春柳之美，又赞颂了春风，指出它才是美的缔造者，不仅裁剪出了一片烟柳锦色，还裁出了风光明媚、绿意盎然的春天，字里行间洋溢着诗人的喜悦之情。这首诗的最成功之处就是比喻的新奇巧妙，诗人以娉婷的美人来喻柳，那宛若碧玉的翠柳在醉人的春风中，显得妖媚迷人、婀娜多姿，故此诗在开篇就将青青垂柳化为了美人，"碧玉妆成一树高"，即让人联想到亭亭玉立的美人，而那低垂的千条万缕的柳丝随即幻化成了随风而摆的裙带，诗中虽没有出现任何与美人相关的字眼，然而却将她柔媚的风姿写活了。末句用不可捉摸的和煦春风比喻剪刀，说它裁出了一个柳绿花红的春天，写出了自然界生生不息的活力。

乡音无改鬓毛衰

出　处

贺知章的《回乡偶书》

原　文

回乡偶书

少小离家老大¹回，乡音无改鬓毛衰²。

儿童相见不相识，笑问客从何处来。

注　释

1. 老大：年纪大了。贺知章回乡时已年逾八十。

2. 鬓毛：额角靠近耳朵的头发。一作"面毛"。衰：减少，疏落。鬓毛衰，指鬓毛减少，疏落。

译　文

我在青春年少时离开家乡，到了人生的暮年才回乡。我的一口乡音虽然从未改变，但鬓角的毛发却越来越稀疏。故乡的孩子见到我，都不认识，他们笑着问：这位客人是从哪里来呀？

赏　析

诗人借久别回乡的感受抒发了自己久客伤老之情，往昔少艾，而今垂垂老矣，时光荏苒，再次回乡时虽乡音未改，但华发已衰，数十年后回到熟悉而又陌生的故土，心情久久不能平静，但可爱的儿童童稚的欢声笑语以及对自己的好奇，又使诗人心头萌生出一些暖意，悲伤之感由此减淡，家乡那久违的亲切感油然而生。

谁言寸草心，报得三春晖

出 处

孟郊的《游子吟》

孟郊，唐代著名诗人。字东野，湖州武康（今浙江德清县）人。因其诗作多写世态炎凉，民间疾苦，故有"诗囚之称"，与贾岛并称"郊寒岛瘦"。

原 文

游子吟

慈母手中线，游子身上衣。

临[1]行密密缝，意恐[2]迟迟归。

谁言寸草[3]心，报得三春晖[4]。

注 释

1. 临：将要。

2. 意恐：担心。

3. 寸草：小草，这里喻指子女。

4. 报得：报答。三春晖：指春天灿烂的阳光，指慈母之恩。

译 文

慈祥的老母亲用手中的针线，为远游的儿子缝制身上的衣裳。临行前，针脚缝得密密麻麻，只怕儿子迟迟不回，新衣不够结实耐穿。子女就像沐浴春晖的小草，怎能报答慈母之恩呢？

赏 析

这是一首表达母爱亲情的叙事抒情诗，堪称古典诗歌中的母爱绝唱，诗人以近乎白描的手法，选取了一个看似寻常的生活片段

——慈母为远行的儿子赶制新衣，场面温馨动人，情感质朴纯真，凸显了亲情的弥足珍贵和母爱的伟大无私。

相看两不厌

出 处

李白的《独坐敬亭山》

李白，唐代伟大的浪漫主义诗人。字太白，号青莲居士，又号"谪仙人"。陇西成纪（今甘肃天水市秦安县）人，被后人誉为"诗仙"，与杜甫并称为"李杜"。

原 文

独坐敬亭山

众鸟高飞尽，孤云独去闲[1]。

相看两不厌[2]，只有敬亭山。

注 释

1. 独去：独自去。闲：形容云彩飘来飘去，悠闲自在的样子。

2. 两不厌：指诗人和敬亭山而言。厌，满足。

译 文

鸟儿们高飞远去，消失在天幕里，寂寥的长空漂浮着一片孤云，连它也不愿意留下，正慢慢地飘向远方。我默默地望着高耸的敬亭山，敬亭山似乎也默默地注视着我，我们谁也不会感到满足。谁能理解我孤独寂寞的心情呢，恐怕只有眼前着巍峨高大的敬亭山了。

赏 析

诗人首句"众鸟高飞尽"，便一语道破了伤感之情，而次句的"孤云独去闲"更强化了这种感受，想象一下，天空中的鸟儿突然消失得无影无踪，就连天边的一抹浮云也不愿停留片刻陪伴自己，仿佛像厌弃诗人似的越飘越远，此时的诗人心情该有多么落寞啊。"尽"和"闲"字表达了诗人无奈的心情，同时又把我们引向了一个万籁俱寂的世界，飞鸟的喧闹声消失以后，山林定然格外安静，翻滚的浮云飘远以后，天空定然更加澄明平静，诗人以动来衬静，烘托出了诗人内心深处的落寞和孤独。

在诗人笔下，飞鸟和孤云似乎都有了灵性，可惜它们不愿陪伴诗人，选择了弃诗人远去，任凭诗人一个人面对这苍茫无际、无声无息的空间，这种表现手法既让人感同身受地体会到诗人心灵上的孤独和无奈，又使人联想到诗人已经坐在敬亭山中很长时间了，他目睹了众鸟欢叫着飞出森林，以及一片孤云渐渐飘远，为下面的"相看两不厌"做了铺垫。

后两句诗，诗人运用浪漫主义表现手法，将静默的敬亭山拟人化，他目睹了众鸟飞尽、孤云远去，眼前只剩下了壮丽幽静的敬亭山，他默默无语地望着敬亭山，似乎觉得敬亭山也在默默地注视着自己。他们之间无须任何语言，似乎就像两个好友那样心有灵犀一点通。"相"和"两"字显出了诗人和敬亭山惺惺相惜的感情，表达了人与山的依恋之情，而"只有"两个字强调了诗人对敬亭山的独特情感和偏爱，诗人有此山相伴已经心满意足了，飞鸟、孤云对自己的离弃已经无关紧要了。

天生我材必有用，千金散尽还复来

出　处

李白的《将进酒》

原　文

将进酒[1]

不见，黄河之水天上来，奔流到海不复回。

君不见，高堂²明镜悲白发，朝如青丝暮成雪。

人生得意³须尽欢，莫使金樽空对月。

天生我材必有用，千金散尽还复来。

烹羊宰牛且为乐，会须一饮三百杯。

岑夫子，丹丘生⁴，将进酒，杯莫停。

与君歌一曲，请君为我倾耳听。

钟鼓馔玉不足贵，但愿长醉不复醒。

古来圣贤皆寂寞，惟有饮者留其名。

陈王昔时宴平乐，斗酒十千恣欢谑。

主人何为言少钱，径须沽取对君酌。

五花马⁵，千金裘，

呼儿将出换美酒，与尔同销万古愁

注 释

1. 将进酒：请饮酒。乐府古题，原是汉乐府短箫《铙歌》的曲调。

2. 高堂：房屋的正室厅堂。

3. 得意：适意高兴的时候。

4. 岑夫子：岑勋。丹丘生：元丹丘。二人均为李白的好友。

5. 五花马：指名贵的马。

译 文

你可见黄河水从天上流下来，波涛滚滚直奔向东海不回还。

你可见高堂明镜中苍苍白发，早上满头青丝晚上就如白雪。

人生得意时要尽情享受欢乐，不要让金杯空对皎洁的明月。

天造就了我成材必定会有用，即使散尽黄金也还会再得到。

屠羊宰牛姑且尽情享受欢乐，一气喝他三百杯也不要嫌多。

岑夫子啊、丹丘生啊，快喝酒啊，不要停啊。

我为在座各位朋友高歌一曲，请你们一定要侧耳细细倾听。

钟乐美食这样的富贵不稀罕，我愿永远沉醉酒中不愿清醒。

圣者仁人自古就寂然悄无声，只有那善饮的人才留下美名。

当年陈王曹植平乐观摆酒宴，一斗美酒值万钱他们开怀饮。

主人你为什么说钱已经不多，你尽管端酒来让我陪朋友喝。

管它名贵五花马还是狐皮裘，

快叫侍儿拿去统统来换美酒，与你同饮来消融这万古常愁。

赏 析

这首诗非常形象地表现了李白桀骜不驯的性格：一方面充满自信，孤高自傲；一方面在仕途出现波折后，又流露出纵情享乐之情。在这首诗里，李白演绎庄子的乐生哲学，表示对富贵、圣贤的藐视。而在豪饮行乐中，实则深含怀才不遇之情。诗人借题发挥，借酒浇愁，抒发自己的愤激情绪。全诗气势豪迈，感情奔放，语言流畅，具有很强的感染力。

诗中的名句"天生我材必有用，千金散尽还复来"意为，上天生下"我"，一定有需要用到"我"的地方，需要"我"去完成。金钱用尽了，这些散失的东西以后依然会归来。充分体现了李白的高度乐观、看透人生的性格，更深刻地体现他对人生的感悟。

长风破浪会有时，直挂云帆济沧海

出 处

李白的《行路难·其一》

原 文

行路难·其一

金樽清酒斗十千[1]，玉盘珍羞[2]直万钱。

停杯投箸[3]不能食，拔剑四顾心茫然。

欲渡黄河冰塞川，将登太行雪满山。

闲来垂钓碧溪上，忽复乘舟梦日边。

行路难！行路难！多歧路，今安在⁴？

长风破浪会有时，直挂云帆⁵济沧海。

注 释

1. 斗十千：一斗值十千钱（即万钱），形容酒美价高。

2. 珍羞：珍贵的菜肴。羞，同"馐"，美味的食物。

3. 投箸：丢下筷子。箸，筷子。

4. 多歧路，今安在：岔道这么多，如今身在何处？岐，一作"歧"，岔路。安，哪里。

5. 云帆：高高的船帆。船在海里航行，因天水相连，船帆好像出没在云雾之中。

译 文

金杯里装的名酒，每斗要价十千；玉盘中盛的精美菜肴，收费万钱。

胸中郁闷啊，我停杯投箸吃不下；拔剑环顾四周，我心里委实茫然。

想渡黄河，冰雪堵塞了这条大川；要登太行，莽莽的风雪早已封山。

像吕尚垂钓溪，闲待东山再起；又像伊尹做梦，他乘船经过日边。

世上行路啊多么艰难，多么艰难；眼前歧路这么多，我该向北还是向南？

相信总有一天，能乘长风破万里浪；高高挂起云帆，在沧海中勇往直前！

赏 析

从内容上看，该诗应写于天宝三年（744年）李白离开长安的时候。这首诗总体上反映了封建统治者对人才的压抑，而由于时代和诗人精神气质方面的原因，李诗却揭示得更为深刻和强烈一些，同时还表现了一种积极的追求、乐观的自信和顽强地坚持理想的品格。

诗中的"长风破浪会有时，直挂云帆济沧海"，将作者那种不气馁的精神和积极入世的强烈要求表现了出来，终于使他摆脱了歧路彷徨的苦闷。他相信，尽管前路障碍重重，但将会有一天像刘宋时宗悫所说的那样，乘长风破万里浪，挂上云帆，横渡沧海，到达理想的彼岸。

大道如青天，我独不得出

出　处

李白的《行路难·其二》

原　文

行路难·其二

大道如青天，我独不得出。

羞逐长安社[1]中儿，赤鸡白狗[2]赌梨栗。

弹剑[3]作歌奏苦声，曳裾王门不称情。

淮阴市井笑韩信，汉朝公卿忌贾生[4]。

君不见昔时燕家重郭隗，拥篲折节无嫌猜[5]。

剧辛乐毅感恩分，输肝剖胆效英才。

昭王白骨萦蔓草，谁人更扫黄金台？

行路难，归去来！

注　释

1. 社：古二十五家为一社。

2. 白狗：一作"白雉"。

3. 弹剑：战国时齐公子孟尝君门下食客冯谖曾屡次弹剑作歌怨己不如意。

4. 贾生：汉初洛阳贾谊，曾上书汉文帝，劝其改制兴礼，遭到大臣们的反对。

5. 拥彗：燕昭王亲自扫路，恐灰尘飞扬，用衣袖当帚以礼迎贤士邹衍。折节：一作"折腰"。

译 文

大道虽宽广如青天，唯独没有我的出路。

我不愿意追随长安城中的富家子弟，去搞斗鸡走狗一类的赌博游戏。

像冯谖那样弹剑作歌发牢骚，在权贵之门卑躬屈节，那不合我心意。

韩信发迹之前被淮阴市井之徒讥笑，贾谊才能超群遭汉朝公卿妒忌。

君不见古时燕昭王重用郭隗，拥彗折节、谦恭下士，毫不嫌疑猜忌。

剧辛和乐毅感激知遇的恩情，竭忠尽智，以自己的才能为君主效力。

而今燕昭王之白骨已隐于荒草之中，还有谁能像他那样重用贤士呢？

世路艰难，我只得归去啦！

赏 析

这首诗表现了李白对功业的渴望，流露出在困顿中仍然想有所作为的积极入世的热情，他向往像燕昭王和乐毅等人那样的风云际会，希望有"输肝剖胆效英才"的机缘。篇末的"行路难，归去来"，只是一种愤激之词，要离开长安，不等于要消极避世，并且他还抱有他日东山再起"直挂云帆济沧海"的幻想。

诗句"大道如青天，我独不得出"，一开头便陡起壁立，说出久久郁积在心里的感受，使读者感到其思想感情十分深广。后来孟郊写了"出门如有碍，谁谓天地宽"的诗句，可能受了此诗的启发，但气象比李白差多了。能够和它相比的，还是李白自己的诗。像"蜀道之难，难于上青天"这类诗句，大概只有李白那种胸襟才能写得出。不过，《蜀道难》用徒步上青天来比喻蜀道的艰难，使人想到那一带山川的艰险，却并不感到文意上有过多的埋伏。而这一首，用青天来形容大道的宽阔，照说这样的大道是易于行路的，但紧接着却是"我独不得出"，就让人感到这里面有许多潜台词。这样的开头就引起了人们对下文的注意。

举头望明月，低头思故乡

出　处

李白的《静夜思》

原　文

静夜思

床前明月光，疑[1]是地上霜。

举头望明月，低头思故乡。

注　释

1. 疑：好像。

注　释

明亮的月光照在床前的窗户纸上，好像地上泛起了一层霜。

我禁不住抬起头来，看那天窗外空中的一轮明月，不由得低头沉思，想起远方的家乡。

赏　析

　　这是一首叙写在寂静的月夜思念家乡的诗。诗人客居他乡，白天奔波忙碌，而到夜深人静的时候，心头便泛起了阵阵的思乡的波澜。诗中的"霜"字，既形容了月光的皎洁，又表达了季节的寒冷，还烘托出诗人漂泊他乡的孤寂凄凉之情。

清水出芙蓉，天然去雕饰

出　处

　　李白的《经乱离后天恩流夜郎忆旧游书怀赠江夏韦太守良宰》

原　文

经乱离后天恩流夜郎忆旧游书怀赠江夏韦太守良宰（节选）

　　　　览君荆山作，江鲍堪动色[1]。

　　　　清水出芙蓉，天然去雕饰[2]。

　　　　逸兴横素襟[3]，无时不招寻。

注　释

　　1. "览君"二句：江、鲍，指六朝诗人江淹和鲍照。此二句谓江淹、鲍照如看到韦太守荆山之作，亦必能为之动情于色。

　　2. 清水出芙蓉，天然去雕饰：此二句主要赞美韦良宰的作品清新自然，不假雕饰。

　　3. 逸兴横素襟：谓韦良宰平素胸襟豁达，具有超逸豪放的意兴。

译　文

　　浏览你在荆山的大作，堪与江淹、鲍照的文笔媲美。

　　宛如出清水的芙蓉，犹如大自然天然去雕饰。

　　逸兴满溢平素的襟怀，无时不想到你的招寻约请。

赏　析

李白"清水出芙蓉，天然去雕饰"的诗句，意思是说像那刚出清水的芙蓉花，质朴明媚，毫无雕琢装饰。喻指文学作品要像芙蓉出水那样自然清新。在这里他着重赞美了韦太守的文章自然清新，也表达了自己对诗歌的见解，主张纯美自然，反对修饰雕琢。

郎骑竹马来，绕床弄青梅

出　处

李白的《长干行》

原　文

长干行

妾发初覆额，折花门前剧。

郎骑竹马来，绕床弄青梅。

同居长干里[1]，两小无嫌猜，

十四为君妇，羞颜未尝开。

低头向暗壁，千唤不一回。

十五始展眉，愿同尘与灰。

常存抱柱信[2]，岂上望夫台。

十六君远行，瞿塘滟滪堆[3]。

五月不可触，猿声天上哀[4]。

门前迟行迹[5]，一一生绿苔。

苔深不能扫，落叶秋风早。

八月蝴蝶黄，双飞西园草。

感此伤妾心，坐愁红颜老。

> 早晚下三巴，预将书报家。
>
> 相迎不道远，直至长风沙⁶。

注　释

1. 长干里：在今南京市，当年系船民集居之地，故《长干曲》多抒发船家女子的感情。

2. 抱柱信：典出《庄子·盗跖篇》，写尾生与一女子相约于桥下，女子未到而突然涨水，尾生守信而不肯离去，抱着柱子被水淹死。

3. 滟滪堆：三峡之一瞿塘峡峡口的一块大礁石，农历五月涨水没礁，船只易触礁翻沉。

4. 哀：一作"鸣"。

5. 迟：一作"旧"。

6. 长风沙：地名，在今安徽省安庆市的长江边上，距南京约700里。

译　文

我的头发刚刚盖过额头，便同你一起在门前做折花的游戏。

你骑着竹马过来，我们一起绕着井栏，互掷青梅为戏。

我们同在长干里居住，两个人从小都没什么猜忌。

十四岁时嫁给你做妻子，害羞得没有露出过笑脸。

低着头对着墙壁的暗处，一再呼唤也不敢回头。

十五岁才舒展眉头，愿意永远和你在一起。

常抱着至死不渝的信念，怎么能想到会走上望夫台？

十六岁时你离家远行，要去瞿塘峡滟滪堆。

五月水涨时，滟滪堆不可相触，两岸猿猴的啼叫声传到天上。

门前是你离家时徘徊的足迹，渐渐地长满了绿苔。

绿苔太厚，不好清扫，树叶飘落，秋天早早来到。

八月里，黄色的蝴蝶飞舞，双双飞到西园草地上。

看到这种情景我很伤心，因而忧愁容易衰老。

无论什么时候你想下三巴回家，请预先把家书捎给我。

迎接你不怕道路遥远，一直走到长风沙。

赏　析

本诗的内容极为丰富，它以一位居住在长干里的商妇自述的口气，叙述了她的爱情生活，倾吐了对于远方丈夫的殷切思念。它塑造了一个具有深挚的情感的少妇形象，具有动人的艺术力量。

这首诗通过生动具体地描绘商妇生活的各个阶段，在读者面前展开了一幅幅鲜明生动的画面。诗人运用形象，进行典型的概括，开头六句，宛若一组民间孩童嬉戏的风情画卷。"十四为君妇"以下八句，又通过心理描写生动细腻地描绘了小新娘出嫁后的新婚生活。在接下来的诗句中，更以浓重的笔墨描写闺中少妇的离别愁绪，诗情到此形成了鲜明的转折。"门前迟行迹"以下八句，通过节气变化和不同景物的描写，一个思念远行丈夫的少妇形象，鲜明地跃然于纸上。最后两句则透露了李白特有的浪漫主义色彩。这阕诗的不少细节描写是很突出而富于艺术效果的。如"妾发初覆额"以下几句，写男女儿童天真无邪的游戏动作，活泼可爱。又如"低头向暗壁，千唤不一回"，写女子初结婚时的羞怯，非常细腻真切。诗人注意表现女子不同阶段心理状态的变化，而没有进行简单化的处理。再如"门前迟行迹，一一生绿苔""八月蝴蝶黄，双飞西园草"，通过具体的景物描写，展示了思妇内心世界深邃的感情活动，深刻动人。

白发三千丈，缘愁似个长

出　处

李白的《秋浦歌》

原　文

秋浦歌

白发三千丈，缘愁似个[1]长。

不知明镜里，何处得秋霜[2]？

注　释

1. 个：如此，这般。

2. 秋霜：形容头发白如秋霜。

译　文

白发长达三千丈，是因为愁才长得这样长。

不知在明镜之中，是何处的秋霜落在了我的头上？

赏　析

本诗作于天宝末年，这个时候的唐王朝政治腐败，诗人对整个局势深感忧虑。此时，李白已经五十多岁了，理想无法实现，反而受到压抑和排挤。

此诗运用夸张的手法，以"三千丈"的白发是因愁而生，因愁而长。愁生白发，人所共晓，而长达三千丈，该有多少深重的愁思。十个字的千钧重量落在一个"愁"字上。以此写愁，匪夷所思。奇想出奇句，不能不使人惊叹诗人的气魄和笔力。

抽刀断水水更流，举杯消愁愁更愁

出　处

李白的《宣州谢朓楼饯别校书叔云》

原　文

宣州谢朓楼饯别校书叔云

弃我去者，昨日之日不可留；

乱我心者，今日之日多烦忧。

长风万里送秋雁，对此可以酣高楼。

蓬莱文章建安骨，中间小谢又清发。

俱怀逸兴壮思飞[1]，欲上青天览明月[2]。

抽刀断水水更流，举杯消愁愁更愁。

人生在世不称意，明朝散发弄扁舟。

注　释

1. 俱怀：两人都怀有。逸兴：飘逸豪放的兴致，多指山水游兴，超远的意兴。王勃《滕王阁序》："遥襟甫畅，逸兴遄飞。"李白《送贺宾客归越》："镜湖流水漾清波，狂客归舟逸兴多。"壮思飞：卢思道《卢记室诔》："丽词泉涌，壮思云飞。"壮思，雄心壮志，豪壮的意思。

2. 览：通"揽"，摘取。一说为揽。

译　文

弃我而去的昨日，早已不可挽留。

乱我心思的今日，令人烦忧多多。

万里长风，送走行行秋雁。面对美景，正可酣饮高楼。

先生的文章正有建安风骨，又不时流露出小谢风的清秀。

你我满怀超宜兴致，想上青天揽住刀月。

抽刀切断水流，水波奔流更畅；举杯想要消愁，愁思更加浓烈。

人生在世，无法称心如意，不如披头散发，登上长江一叶扁舟。

赏 析

此诗的重点不是写离情别绪，而主要是感怀，抒发自己的理想和抱负不能实现的牢骚。全诗感情沉郁、奔放，几乎句句都是精华。

开头二句，不写叙别，不写楼，却直抒郁结，道出心中烦忧。第三、四句突然转折，从苦闷中转到爽朗壮阔的境界，展开了一幅秋空送雁图。一"送"，一"酣"，点出了"饯别"的主题。"蓬莱"四句，赞美对方文章如蓬莱宫幽藏，刚健道劲，有建安风骨。又流露自己才能，以小谢自比，表达了对高洁理想的追求。同时也表现了诗人的文艺观。末四句抒写感慨，理想与现实不可调和，不免烦忧苦闷，只好在"弄扁舟"中去寻求寄托。思想感情瞬息万变，艺术结构腾挪跌宕，起落无端，断续无迹，深刻地表现了诗人矛盾的心情。语言豪放自然，音律和谐统一。"抽刀断水水更流，举杯销愁愁更愁"是千百年来描摹愁绪的名句，众口交赞。

满城尽带黄金甲

出 处

黄巢的《不第后赋菊》

黄巢，唐末农民起义领袖，曹州冤句（今山东菏泽西南）人，少时便有作诗之才。

原 文

不第后赋菊

待到秋来九月八[1]，我花开后百花杀[2]。

冲天香阵透长安，满城尽带黄金甲[3]。

注　释

1. 九月八：九月九日为重阳节，有登高赏菊的风俗，说"九月八"是为了押韵。

2. 杀：草木枯萎。

3. 黄金甲：指金黄色铠甲般的菊花。

译　文

待到临近秋天的九月重阳节，菊花开放以后百花都凋残了。馥郁的花香弥漫着整个长安城，满城都是黄灿如铠甲般的菊花。

赏　析

菊花是我国的十大名花之一，因其具有芳香淡雅的气质，一直被视为品格高洁的隐逸者的象征。但这首托物言志诗却一反传统，诗人紧紧抓住了秋菊花开时冲天的香气和炫若金甲的璀璨花色，赋予了菊花以另外一种特质，诗人一扫菊花甘于淡泊的品质，将其塑造成了一个气凌霄汉的豪杰形象，借以抒发自己远大的抱负，尤其是"满城尽带黄金甲"一句，气势夺人，具有震人心魄的巨大力量。

年年岁岁花相似，岁岁年年人不同

出　处

刘希夷的《代悲白头翁》

刘希夷，唐代诗人。一名庭芝，字延之，汝州（今河南汝州市）人。及第进士，善弹琵琶，其诗以歌行见长，多写闺情，词意柔婉华丽，且多感伤情调。

原　文

代悲白头翁[1]（节选）

洛阳城东桃李花，飞来飞去落谁家？

洛阳女儿惜颜色，坐见落花长叹息。

今年花落颜色改，明年花开复谁在？

已见松柏摧为薪[2]，更闻桑田变成海[3]。

古人无复洛城东，今人还对落花风。

年年岁岁花相似，岁岁年年人不同。

寄言全盛红颜子，应怜半死白头翁。

此翁白头真可怜，伊昔红颜美少年。

公子王孙芳树下，清歌妙舞落花前[4]。

注　释

1. 代：拟。白头翁：白发老人。

2. 松柏摧为薪：松柏被砍伐作为柴薪。

3. 桑田变成海：出自《神仙传》中名句："麻姑谓王方平曰：'接待以来，已见东海三为桑田。'"

4. 公子王孙芳树下，清歌妙舞落花前：白头翁年轻时曾和公子王孙在树下花前共赏清歌妙舞。

译　文

洛阳城东的桃花李花随风飘转，飞来飞去，不知落入了谁家？

洛阳女子有着娇艳的容颜，独坐院中，看着零落的桃李花而长声叹息。

今年我在这里看着桃花李花因凋零而颜色衰减，明年花开时节不知又有谁还能看见那繁花似锦的盛况？

已经看见了俊秀挺拔的松柏被摧残砍伐作为柴薪，又听说那桑田变成了汪洋大海。

故人现在已经不再悲叹洛阳城东凋零的桃李花了，而今人却依旧对着随风飘零的落花而伤怀。

年年岁岁繁花依旧，岁岁年年看花之人却不相同。

转告那些正值青春年华的红颜少年，应该怜悯这位已是半死之人的白头老翁。

如今他白发苍苍，真是可怜，然而他从前亦是一位风流倜傥的红颜美少年。

这白头老翁当年曾与公子王孙寻欢作乐于芳树之下，吟赏清歌妙舞于落花之前。

赏　析

这是一首拟古乐府诗。这首诗从女子写到老翁，咏叹青春易逝、富贵无常。构思独创，抒情婉转，语言优美，音韵和谐，艺术造诣极高，在初唐即受推崇，历来就是传世名篇。

近乡情更怯，不敢问来人

出　处

宋之问的《渡汉江》

宋之问，初唐时期著名诗人。字延清，汾州（今山西汾阳市）人，一说虢州弘农（今河南灵宝市）人。

原　文

渡汉江[1]

岭外[2]音书断，经冬复历春。

近乡情更怯，不敢问来人[3]。

注　释

1. 汉江：指汉水。长江的最大支流，源出陕西，经湖北流入长江。

2. 岭外：五岭以南的广东省广大地区，通常指岭南。唐代常作为罪臣的流放地。

3. 来人：渡汉江时遇到的从家乡来的人。

译 文

流放岭南与亲人断绝了音信，熬过了冬天又经历一个新春。

越走近故乡心里就越是胆怯，不敢打听从家那边过来的人。

赏 析

这是宋之问从泷州（今广东罗定市）被贬，途经汉江时所写的一首诗。前两句追叙贬居岭南的情况。贬到蛮荒之地，本就够悲苦的了，何况又和家人音讯隔绝，彼此未卜存亡，更何况又是在这种情况下经历春，挨过漫长的时间。作者没有平列空间的悬隔、音书的断绝、时间久远这三层意思，而是依次层递，逐步加以展示，这就强化和加深了贬居荒野期间孤子、苦闷的感情，以及对家乡、亲人的思念。"断""复"两字，似不着力，却很见作意。作者困居贬所，与世隔绝，失去任何精神慰藉的生活情景，以及度日如年、难以忍受的精神痛苦，都历历可见。

疾风知劲草

出 处

李世民的《赐萧禹》

李世民，即唐太宗，生于武功之别馆（今陕西武功），是唐高祖李渊和窦皇后的次子，唐朝第二位皇帝，杰出的政治家、战略家、军事家、诗人。

疾风知劲草：指在猛烈的大风中，可以看出什么样的草是强劲的。比喻意志坚定，经得起考验。

原 文

赐萧禹[1]

疾风知劲草[2]，板荡[3]识诚臣。

勇夫安识义，智者必怀仁。

注 释

1. 萧瑀：字时文，隋朝将领，被李世民俘后归唐，封宋国公。
2. 疾风：大而急的风。劲草：强劲有力的草。
3. 板荡：动乱之世。

译 文

在猛烈狂疾的大风中才能看得出是不是强健挺拔的草，在激烈动荡的年代里才能识别出是不是忠贞不贰的臣。

一勇之夫怎么懂得为公为国为民为社稷的正义的道理，而智勇兼具的人内心里必然怀有忠君为民的仁爱之情。

赏 析

这首诗诗意浅显，说理形象，寓意深刻，言简意赅地揭示了"智""勇""仁""义"之间的辩证关系。这不仅具有现实意义，而且，对于读者的自我完善，如何使自己成为智勇双全的有用之才方面，也具有启迪作用。"疾风知劲草，板荡识诚臣"二句，比喻只有经过尖锐复杂斗争的考验，才能看出一个人的真正品质和节操，才能知道谁是忠贞的强者。

人事有代谢，往来成古今

出 处

孟浩然的《与诸子登岘山》

孟浩然，唐代著名的山水田园派诗人。名浩，字浩然，号孟山人，襄州襄阳（现湖北襄阳）人，世称孟襄阳。

原 文

与诸子登岘山[1]

人事有代谢，往来成古今。

江山留胜迹，我辈复登临[2]。

水落鱼梁[3]浅，天寒梦泽[4]深。

羊公碑[5]字在，读罢泪沾襟。

注 释

1. 诸子：指诗人的几个朋友。岘山：一名岘首山，在今湖北襄阳城以南。

2. 复登临：对羊祜曾登岘山而言。登临，登山观看。

3. 鱼梁：沙洲名，在襄阳鹿门山的沔水中。

4. 梦泽：云梦泽，古大泽，即今江汉平原。

5. 羊公碑：后人为纪念西晋名将羊祜而建。羊祜镇守襄阳时，常与友人到岘山饮酒诗赋，有过江山依旧、人事短暂的感伤。

译 文

人间的事情都有更替变化，来来往往的时日形成古今。

江山各处保留的名胜古迹，而今我们又可以登攀亲临。

鱼梁洲因水落而露出江面，云梦泽由天寒而迷蒙幽深。

羊祜碑如今依然巍峨矗立，读罢碑文泪水打湿了衣襟。

赏 析

这是一首吊古伤今的诗。所谓吊古，是凭吊岘首山的羊公碑。据《晋书·羊祜传》，羊祜镇守荆襄时，常到此山置酒言咏。有一次，他对同游者喟然叹曰："自有宇宙，便有此山，由来贤达胜士，登此远望如我与卿者多矣，皆湮灭无闻，使人悲伤！"羊祜生前有政绩，死后，襄阳百姓于岘山建碑立庙，"岁时飨祭焉。望其碑者，莫不流涕"。作者登上岘首山，见到羊公碑，自然会想到羊祜。由吊古而伤今，不由感叹起自己的身世来。

诗中的名句"人事有代谢，往来成古今"，说明了一个平凡的真理。大至朝代更替，小至一家兴衰，以及人们的生老病死、悲欢离合，人事总是在不停地变化着。寒来暑往，春去秋来，时光也在不停地流逝着。首联两句凭空落笔，似不着题，却引出了作者的浩瀚心事，饱含着深深的沧桑之感。

野旷天低树，江清月近人

出　处

孟浩然的《宿建德江》

原　文

宿建德江

移舟泊烟渚，日暮客愁新。

野旷天低树[1]，江清月近人[2]。

注　释

1. 野：原野。旷：空阔远大。天低树：天幕低垂，好像和树木相连。

2. 月近人：倒映在水中的月亮好像来靠近人。

译　文

把小船停靠在烟雾迷蒙的小洲，日暮时分新愁又涌上客子心头。旷野无边无际远天比树还低沉，江水清清明月来和人相亲相近。

赏　析

此诗以舟泊暮宿为背景，全诗虽然露出一个"愁"字，但立即又将笔触转移到景物的描写上去了。可见它在选材和表现上都是极有特色的。诗的起句"移舟泊烟渚"，"移舟"，就是移舟近岸的意思；"泊"，这里有停船宿夜的含义。行船停靠在江中的一个烟雾迷蒙的小洲边，这一面是点题，另一面也就为下文的写景抒情做了准备。

从整体上看，此诗先写羁旅夜泊，再叙日暮添愁；然后写宇宙广袤宁静，明月伴人更亲。一隐一现，虚实相间，两相映衬，互为补充，构成一个特殊的意境。诗中虽只有一个"愁"字，却把诗人内心的忧愁写得淋漓尽致，然野旷江清，秋色历历在目。

夜来风雨声，花落知多少

出 处

孟浩然的《春晓》

原 文

春晓

春眠不觉晓[1]，处处闻啼鸟。

夜来风雨声，花落知多少[2]。

注 释

1. 不觉晓：不知不觉天就亮了。

2. 知多少：不知有多少

译 文

春日里贪睡不知不觉天已破晓，搅乱我酣眠的是那啁啾的小鸟。

昨天夜里风声雨声一直不断，那娇美的春花不知被吹落了多少。

赏 析

此诗初读起来会觉得平淡无奇，反复读之，便觉得诗中别有一番天地。它的艺术魅力不在于华丽的辞藻，不在于奇葩的艺术手法，而在于它的韵味。整首诗的风格像行云流水一般平易自然，然而悠远深厚、独臻妙境。诗人要表现他喜爱春天的感情，却又不说尽，不说透，"迎风户半开"，让读者去捉摸、去猜想，处处表现得隐秀曲折。

本诗言浅意浓，景真情真，就像是从诗人心灵深处流出的一泓泉水，晶莹透澈，灌注着诗人的生命，跳动着诗人的脉搏。

天若有情天亦老

出　处

李贺的《金铜仙人辞汉歌》。

李贺，字长吉，唐代河南福昌（今河南洛阳宜阳县）人。

原　文

金铜仙人辞汉歌

茂陵刘郎秋风客[1]，夜闻马嘶晓无迹[2]。

画栏桂树悬秋香[3]，三十六宫土花碧。

魏官牵车指千里，东关酸风射眸子。

空将汉月出宫门，忆君清泪如铅水。

衰兰送客咸阳道[4]，天若有情天亦老[5]。

携盘独出月荒凉，渭城已远波声小。

注　释

1. 茂陵：汉武帝刘彻的陵墓，在今陕西省兴平市东北。刘郎：指汉武帝。秋风客：犹言悲秋之人。汉武帝曾作《秋风辞》，云："欢乐极兮哀情多，少壮几时兮奈老何？"

2. 夜闻马嘶：传说汉武帝的魂魄出入汉宫，有人曾在夜中听到他坐骑的嘶鸣。

3. 桂树悬秋香：八月景象。秋香，指桂花的芳香。

4. 衰兰送客：秋兰已老，故称衰兰。客，指铜人。咸阳：秦都城名，汉时改为渭城县，离长安不远，故代指长安。咸阳道：此指长安城外的道路。

5. 天若有情天亦老：意为面对如此兴亡盛衰的变化，天如果有人的情感，也会因为常常伤感而衰老。

译 文

茂陵里埋葬的刘郎，好像秋风过客匆匆而逝。
夜里曾听到他的神马嘶鸣，天亮却杳无踪迹。
画栏旁边棵棵桂树，依然散发着深秋的香气。
长安城的三十六宫，如今却是一片苔藓碧绿。
魏国官员驱车载运铜人，直向千里外的异地。
刚刚走出长安东门，寒风直入铜人的眼珠里。
只有那朝夕相处的汉月，伴随铜人走出官邸。
怀念起往日的君主，铜人流下如铅水的泪滴。
枯衰的兰草为远客送别，在通向咸阳的古道。
上天如果有感情，也会因为悲伤而变得衰老。
独出长安的盘儿，在荒凉的月色下孤独影渺。
眼看着长安渐渐远去，渭水波声也越来越小。

赏 析

这是一首表达亡国之痛的诗歌。此诗写作时间距唐王朝的覆灭尚有九十年之余，诗人产生兴亡之感的原因，要联系其当时的社会状况以及诗人的境遇来理解。

自唐天宝末年爆发"安史之乱"之后，唐王朝便一蹶不振。当时的宪宗虽号称"中兴之王"，但实际上，其在位期间，藩镇叛乱此伏彼起，西北边陲烽火屡惊，国土沦丧，疮痍满目，民不聊生。诗人那"唐诸王孙"的贵族之家也早已没落衰微。面对这严酷的现实，诗人的心情很不平静，急盼着建立功业，重振国威，同时光耀门楣，恢复宗室的地位。却不料进京以后，到处碰壁，仕途无望，报国无门，最后不得不含愤离去。《金铜仙人辞汉歌》所抒发的正是这样一种交织着家国之痛和身世之悲的凝重感情。

本诗共十二句，前四句慨叹韶华易逝，人生难久。汉武帝当日炼丹求仙，梦想长生不老。结果，还是如秋风的落叶一般，倏然离去，留下的不过是茂陵荒冢。尽管他在世时威风无比，称得上是一代天骄，可是，"夜闻马嘶晓无迹"，在无穷无尽的历史长河里，他不过是偶然一现的泡影。诗中直呼汉武帝为"刘郎"，表现了李贺傲兀不羁的性格和不受封建等级观念束缚的可贵精神。

大漠沙如雪，燕山月似钩

出　处

李贺的《马诗二十三首·其五》

原　文

马诗二十三首·其五

大漠沙如雪，燕山月似钩[1]。

何当金络脑[2]，快走踏清秋。

注　释

1. 钩：弯刀，是古代的一种兵器，形似月牙。
2. 金络脑：用黄金装饰的马笼头，说明马具华贵。

译　文

平沙万里，在月光下像铺上一层白皑皑的霜雪。连绵的燕山山岭上，一弯明月当空，如弯钩一般。

何时才能受到皇帝的赏识，给我这匹骏马佩戴上黄金打造的辔头，让我在秋天的战场上驰骋，立下功劳呢？

赏　析

作者写《马诗》即是通过咏马、赞马或者慨叹马的命运，来表现志士的奇才异质、远大抱负及不遇于时的感慨与愤懑，其表现方法属比体。而这首诗在比兴手法的运用上却别有意味。

前两句"大漠沙如雪，燕山月似钩"，展现出一片富于特色的边疆战场景色，如同运用赋的手法：连绵的燕山山岭上，一弯明月当空；平沙万里，在月光下像是铺上一层白皑皑的霜雪。这幅战场景色，一般人也许只觉悲凉肃杀，但对于报国之士却有异乎寻常的吸引力。三四句，主要抒情，即："什么时候才能披上威武的鞍具，在秋高气爽的疆场上驰骋，建树功勋呢？"道出了作者企盼把良马当作良马对待，以效大用。"金络脑"属贵重鞍具，象征马受重用。这是作者渴望建功立业而又不被赏识所发出的呼喊。

蚍蜉撼大树，可笑不自量

出　处

韩愈的《调张籍》

韩愈，唐代杰出的文学家、思想家、哲学家和政治家。字退之，河南河阳（今河南省孟州市）人。自称"郡望昌黎"，世称"韩昌黎""昌黎先生"。

原　文

调张籍[1]

李杜文章在，光焰万丈长。

不知群儿愚，那用故谤伤。

蚍蜉[2]撼大树，可笑不自量。

伊我生其后，举颈遥相望。

夜梦多见之，昼思反微茫。

徒观斧凿痕，不瞩治水航。

想当施手时，巨刃磨天扬。

垠崖划崩豁，乾坤摆雷破。

惟此两夫子，家居率荒凉。

帝欲长吟哦，故遣起且僵。

剪翎送笼中，使看百鸟翔。

平生千万篇，金薤垂琳琅。

仙官敕六丁，雷电下取将。

流落人间者，太山一毫芒。

我愿生两翅，捕逐出八荒。

精诚忽交通，百怪入我肠。

刺手拔鲸牙，举瓢酌天浆。

腾身跨汗漫，不著织女襄。

顾语地上友[3]，经营[4]无太忙。

乞[5]君飞霞佩，与我高颉颃。

注 释

1. 调：调侃，调笑，戏谑。张籍：唐代诗人，字文昌。

2. 蚍蜉：蚁类，常在松树根部做巢。

3. 地上友：指张籍。

4. 经营：此谓构思。

5. 乞：此谓送给。

译 文

李白、杜甫文并在，犹如万丈光芒照耀了诗坛。

却不知轻薄文人愚昧无知，怎么能使用陈旧的诋毁之辞去中伤他们？

就像那蚂蚁企图去摇撼大树，可笑它们也不估量一下自己。

虽然我生活在李杜之后，但我常常追思仰慕他们。

晚上也常常梦见他们，醒来想着却又模糊不清。

李白、杜甫的文章像大禹劈山治水一样立下了不朽的勋绩，但只留下了一些斧凿的痕迹，人们已经难以见到当时的治水的过程了。

遥想当年他们挥动着摩天巨斧，山崖峭壁一下子劈开了，被阻遏的洪水便倾泻出来，天地间回荡着山崩地裂的巨响。

但就是这样的两位夫子，处境却大抵都冷落困顿；仿佛是天帝为了要他们作诗有所成就，就故意让他们崛起而又困顿。

他们犹如被剪了羽毛被囚禁于笼中的鸟儿一样，不得展翅翱翔，只能痛苦地看着外边百鸟自由自在地飞翔。

他们一生写了千万篇优美的诗歌，如金薤美玉一样美好贵重，但其中多数好像被天上的仙官派遣神兵收取去了一样，流传在人间的，只不过是泰山的毫末之微而已。

我恨不得生出两个翅膀，追求他们的境界，哪怕出入八方荒远之地。

我终于能与前辈诗人精诚感通，于是，千奇百怪的诗境便进入心里：反手拔出大海中长鲸的利齿，高举大瓢，畅饮天宫中的仙酒，忽然腾身而起，遨游于广漠无穷的天宇中，自由自在，发天籁之音，甚至连织女所制的天衣也不屑去穿了。

我回头对地上的你说，不要老是钻到书堆中寻章摘句，忙碌经营，还是和我一起向李、杜学习，在诗歌的广阔天地中高高飞翔吧。

赏　析

本诗首句道出了李白和杜甫的诗歌成就，在盛行王、孟和元、白诗风的中唐时期，其往往不被重视，甚至还受到某些人不公正的贬抑。韩愈在此诗中，热情地赞美李白和杜甫的诗文，表现出深深的倾慕之情。本诗运用丰富的想象与夸张、比喻等表现手法，在塑造李白、杜甫及其诗歌的艺术形象的同时，也塑造出作者本人及其诗歌的艺术形象，生动地表达出诗人对诗歌的一些精到的见解，这正是本诗在思想上和艺术上的成功之处。

十年磨一剑

出　处

贾岛的《剑客》

贾岛，唐代诗人。字浪（阆）仙，唐朝河北道幽州范阳县（今河北省涿州市）人。早年出家为僧，号无本。自号"碣石山人"。

原　文

剑客

十年磨一剑，霜刃[1] 未曾试。

今日把示君[2]，谁有不平事。

注　释

1. 霜刃：形容剑锋寒光闪闪，十分锋利。
2. 把示君：拿给您看。

译　文

十年辛苦劳作，磨出一把利剑，剑刃寒光闪烁，只是未试锋芒。

如今取出，给您一看，谁有不平之事，不妨如实告诉我。

赏　析

本诗通过写一剑客，表达了内心的豪爽之气。"十年磨一剑"表明此剑凝聚剑客多年心力，非同一般。"霜刃未曾试"，剑刃寒光闪烁，锋利无比，但却未曾试过它的锋芒。虽说"未曾试"，而跃跃欲试之意已流于言外。此两句咏物而兼自喻，诗人未写十年寒窗苦读，也未正面写自己的才华和理想，然而通过托物言志，已洞悉诗人的心理。

二句三年得，一吟双泪流

出　处

贾岛的《题诗后》

原　文

题诗后

两句三年得，一吟[1]双泪流。

知音如不赏[2]，归卧故山秋。

注　释

1. 吟：读，诵。

2. 赏：欣赏。

译　文

这两句我琢磨三年才写出，一读起来禁不住两行热泪流出来。

了解我思想情感的好朋友如果不欣赏这两句诗，我只好回到以前住过的故乡（山中），在瑟瑟秋风中安稳地睡了。

赏　析

这首五绝，是贾岛吟成"独行潭底影，数息树边身"二句后加的注诗。意思是，这两句诗苦思了三年才得以吟出，吟成不禁泪水长流。知音者应知我吟诗之苦，佳句之难得。懂得我的诗的人如不赏识，我将隐迹故山，以度残年，再不作诗了。诗中的名句"二句三年得，一吟双泪流"，道出了诗人为得佳句的不易和得出佳句后的激动之情。

古来青史谁不见，今见功名胜古人

出　处

岑参的《轮台歌奉送封大夫出师西征》

岑参，唐代著名的边塞诗人，荆州江陵（现湖北江陵）人。其长于七言歌行，代表作是《白雪歌送武判官归京》。

原　文

轮台歌奉送封大夫出师西征[1]

轮台城头夜吹角，轮台城北旄头落[2]。

羽书昨夜过渠黎，单于已在金山西。

戍楼[3]西望烟尘黑，汉兵屯在轮台北。

上将拥旄西出征，平明吹笛大军行。

四边伐鼓雪海涌，三军大呼阴山动。

虏塞兵气连云屯[4]，战场白骨缠草根。

剑河风急雪片阔，沙口石冻马蹄脱。

亚相勤王甘苦辛，誓将报主静边尘。

古来青史谁不见，今见功名胜古人。

注　释

1. 封大夫：即封常清，唐朝将领，蒲州猗氏人，以军功擢安西副大都护、安西四镇节度副大使、知节度事，后又升任北庭都护，持节安西节度使。西征：此次西征事迹未见史书记载。

2. 旄头：星名，二十八宿中的昴星。古人认为它主胡人兴衰。旄头落，为胡人失败之兆。

3. 戍楼：军队驻防的城楼。

4. 虏塞：敌人的军事要塞。兵气：战斗的气氛。

译　文

轮台城头夜里吹起号角，轮台城北旄头星正降落。

军书昨夜连夜送过渠黎，单于已在金山以西入侵。

从哨楼向西望烟尘滚滚，汉军就屯扎在轮台北境。

上将手持符节率兵西征，黎明笛声响起大军起程。

战鼓四起犹如雪海浪涌，三军呐喊阴山发出共鸣。

敌营阴沉杀气直冲云霄，战场上白骨还缠着草根。

剑河寒风猛烈大雪鹅毛，沙口石头寒冷马蹄冻脱。

亚相勤于王政甘冒辛苦，立誓报效朝廷平定边境。

古来青垂史名屡见不鲜，如今将军功名胜过古人。

赏　析

　　此诗直写战阵之事，全诗一张一弛，顿挫抑扬，结构紧凑，音情配合极好。有正面描写，有侧面烘托，又运用象征、想象和夸张等手法，特别是渲染大军声威，造成极宏伟壮阔的画面，使全诗充满浪漫主义激情和边塞生活的气息，成功地表现了三军将士建功报国的英勇气概。

忽如一夜春风来，千树万树梨花开

出　处

　　岑参的《白雪歌送武判官归京》

原　文

白雪歌送武判官[1]归京

北风卷地白草折，胡天八月即飞雪。

忽如一夜春风来，千树万树梨花开。

散入珠帘湿罗幕，狐裘不暖锦衾薄。

将军角弓不得控，都护铁衣冷难着[2]。

瀚海阑干百丈冰，愁云惨淡万里凝。

中军置酒饮归客，胡琴琵琶与羌笛[3]。

纷纷暮雪下辕门，风掣红旗冻不翻。

轮台东门送君去，去时雪满天山路。

山回路转[4]不见君，雪上空留马行处。

注　释

1. 武判官：名不详。判官，官职名。唐代节度使等朝廷派出的持节大使，可委任幕僚协助判处公事，称判官，是节度使、观察使一类的僚属。

2. 都护：镇守边镇的长官。此为泛指，与上文的"将军"是互文。铁衣：铠甲。难着：一作"犹着"。着，亦写作"著"。

3. 胡琴琵琶与羌笛：胡琴等都是当时西域地区少数民族的乐器。这句是说在饮酒时奏起了乐曲。羌笛，羌族的管乐器。

4. 山回路转：山势回环，道路盘旋曲折。

译　文

北风席卷大地把白草吹折，胡地天气八月就纷扬落雪。

忽然间宛如一夜春风吹来，好像是千树万树梨花盛开。

雪花散入珠帘打湿了罗幕，狐裘穿不暖锦被也嫌单薄。

将军都护手冻得拉不开弓，铁甲冰冷得让人难以穿着。

沙漠结冰百丈纵横有裂纹，万里长空凝聚着惨淡愁云。

主帅帐中摆酒为归客饯行，胡琴琵琶羌笛合奏来助兴。

傍晚辕门前大雪落个不停，红旗冻僵了风也无法牵引。

轮台东门外欢送你回京去，你去时大雪盖满了天山路。

山路迂回曲折已看不见你，雪上只留下一行马蹄印迹。

赏　析

这是岑参边塞的代表作，作于他第二次出塞。此时，他很受安西节度使封常青的器重，他的大多数边塞诗作于这一时期。岑参在这首诗中，以诗人的敏锐观察力和浪漫奔放的笔调，描绘了祖国西北边塞的壮丽景色，以及边塞军营送别归京使臣的热烈场面，表现了诗人和边防将士的爱国热情，以及他们对战友的真挚感情。

全诗以一天雪景的变化为线索，记叙送别归京使臣的过程，文思开阔，结构缜密。其中的名句"忽如一夜春风来，千树万树梨花开"，比喻运用得绝妙，令人叹服。

今夜月明人尽望，不知秋思落谁家

出 处

王建的《十五昼夜看月寄杜郎中》

王建，字仲初，唐代诗人。

原 文

十五昼夜看月寄杜郎中

中庭地白[1]树栖鸦，冷露[2]无声湿桂花。

今夜月明人尽望，不知秋思[3]落谁家？

注 释

1. 地白：指月光照在庭院中的样子。
2. 冷露：秋天的露水。
3. 秋思：秋天的情思，这里指怀人的思绪。

译 文

中秋的月光照射在庭院中，地上好像铺上了一层霜雪那样白，树上的鸦雀停止了聒噪，进入了梦乡。

夜深了，清冷的秋露悄悄地打湿庭中的桂花。今夜，明月当空，人们都在赏月，不知那茫茫的秋思落在谁家？

赏　析

这是一首中秋之夜望月思远的七言绝句。在民俗中，中秋节的形成历史悠久。诗人望月兴叹，但写法与其他中秋咏月完全不同，极有创造性，更为耐人寻味。

诗的后两句："今夜月明人尽望，不知秋思落谁家"，采取了忽然宕开的写法，从作者的一群人望月联想到天下人望月，又由赏月的活动升华到思人怀远，意境阔大，含蓄不露。普天之下又有多少人在望月思亲：在家乡的人思念远方的亲人，离乡之人遥望家乡的亲人。于是，水到渠成，便吟出了这两句，无不令人动容。

莫愁前路无知己，天下谁人不识君

出　处

高适的《别董大》

高适，唐代著名的边塞诗人，世称"高常侍"。作品收录于《高常侍集》。高适与岑参并称"高岑"，其诗作笔力雄健、气势奔放，洋溢着盛唐时期所特有的奋发进取、蓬勃向上的时代精神。

原　文

别董大

千里黄云白日曛[1]，北风吹雁雪纷纷。

莫愁前路无知己，天下谁人不识君[2]。

注　释

1. 黄云：天上的乌云。在阳光之下，乌云呈暗黄色，所以叫黄云。曛：昏暗。白日曛，即太阳黯淡无光。

2. 谁人：哪个人。君：你，这里指董大。

<u>译　文</u>

千里黄云蔽天日色暗昏昏，北风吹着归雁大雪纷纷。

切勿担心前路茫茫没有知己，普天之下哪个不识君？

<u>赏　析</u>

这是一首送别诗，送别的对象是著名的琴师董庭兰。盛唐时期盛行胡乐，能够欣赏七弦琴这类古乐的人不多。这首诗是高适与董大久别重逢，经过短暂的聚会之后，又各奔地方的赠别之作。作品勾勒了送别时的晦暗寒冷和愁人景色，表现了作者当时处于困顿不达的境遇之中，但他没有因此沮丧、沉沦，既表露出作者对友人远行的依依惜别之情，也展现出作者豪迈豁达的胸襟。

青春须早为，岂能长少年

<u>出　处</u>

孟郊的《劝学》

孟郊，字东野，唐代著名诗人。

<u>原　文</u>

劝学

击石乃有火，不击元无烟。

人学始知道[1]，不学非自然[2]。

万事须己运[3]，他得非我贤。

青春[4]须早为，岂能长少年。

<u>注　释</u>

1. 道：事物的法则、规律。这里指各种知识。

2. 非：不是。自然：天然。

3. 运：运用。

4. 青春：指人的青年时期。

译　文

只有击打石头，才会有火花；如果不击打，连一点儿烟也不冒出。

人也是这样，只有通过学习，才能掌握知识；如果不学习，知识不会从天上掉下来。

任何事情必须自己去实践，别人得到的知识不能代替自己的才能。

青春年少时就应趁早努力，一个人难道能够永远都是"少年"吗？

赏　析

这是一首劝学诗，作者通过比喻的手法，讲述了人要通过自身的学习去探索和掌握知识，道出了除了自己努力外，任何人都无法取代自己去学习。最后两句"青春须早为，岂能长少年"，指出青少年应该趁早努力，以免荒废了岁月。

前不见古人，后不见来者

出　处

陈子昂的《登幽州台歌》

陈子昂，唐代文学家，初唐诗文革新人物之一。字伯玉，汉族，梓州射洪（在今四川）人。因曾任右拾遗，后世称为陈拾遗。其诗风骨峥嵘，寓意深远。

原　文

登幽州台歌

前不见古人，后不见来者。

念天地之悠悠[1]，独怆然而涕下[2]！

注　释

1. 念：想到。悠悠：形容时间的久远和空间的广大。
2. 怆然：悲伤凄恻的样子。涕：古时指眼泪。

译　文

往前不见古代招贤的圣君，向后不见后世求才的明君。

只有那苍茫天地悠悠无限，止不住满怀悲伤热泪纷纷。

赏　析

这首短诗深刻地表现了诗人怀才不遇、寂寞无聊的情绪。语言苍劲奔放，富有感染力，成为历来传诵的名篇。"前不见古人，后不见来者。"这里的古人是指古代那些能够礼贤下士的贤明君主。

莫道桑榆晚，为霞尚满天

出　处

刘禹锡《酬乐天咏志见示》

刘禹锡，唐朝文学家、哲学家。字梦得，河南洛阳人人。有"诗豪"之称。其与白居易合称"刘白"，有《陋室铭》《竹枝词》《杨柳枝词》《乌衣巷》等名篇。

原　文

酬乐天咏志见示

人谁不顾老，老去有谁怜。

身瘦带频减，发稀冠自偏。

废书缘惜眼，多灸为随年[1]。

经事还谙[2]事，阅人如阅川[3]。

细思皆幸[4]矣，下此便翛然。

莫道桑榆晚[5]，为霞尚满天。

注　释

1. 灸：艾灸，在穴位燃艾灼之。中医的一种治疗方法。随年：适应身老体衰的需要，这里指延长寿命。

2. 谙：熟悉。

3. "阅人"句：意为阅历人生如同积水成川一样。语出陆机《叹逝赋》："阅水以成川，水滔滔而日度；世阅人而为世，人冉冉而行暮。"阅，经历。

4. 幸：幸运，引申为优点。

5. 桑榆：指桑、榆二星。太阳下到桑榆二星之间，天色便晚了，喻人至晚年。曹植《赠白马王彪》："年在桑榆间，影响不能追。"

译　文

人谁不顾虑要衰老，老了又有谁来对他表示爱怜？

身体渐瘦衣带越来越收紧，头发稀少戴正了的帽子也会自己偏斜到一边。

书卷搁置起来不再看是为了爱惜眼睛，经常用艾灸是因为年迈力衰诸病多缠。

经历过的世事见多识也就广，接触了解的人越多观察起来更加一目了然。

细细想来老了也有好的一面，克服了对老的忧虑就会心情畅快无挂也无牵。

不要说太阳到达桑榆之间已近傍晚，它的霞光余晖照样可以映红满天。

赏　析

此诗阐发了作者"老当益壮"的观点。作者认为人老虽然有人瘦、发稀、视力减弱、多病等不利的一面，也还有处世经验丰富、懂得珍惜时间、自奋自励等有利的一面，对此如果细致全面地加以思考，就能从嗟老叹老的情绪中解脱出来，而有所作为。

全诗表达了刘禹锡对生死问题的清醒而乐观的认识，说明他在任何情况下都能用唯物的态度积极对待人生。"莫道桑榆晚，为霞尚满天"二句，深为人们赞赏，成为千古传诵的名句。

旧时王谢堂前燕

出　处

刘禹锡的《乌衣巷》

原　文

乌衣巷

朱雀桥边野草花，乌衣¹巷口夕阳斜。

旧时王谢²堂前燕，飞入寻常百姓家。

注　释

1. 乌衣：今江苏省南京市江宁区，横跨秦淮河。

2. 王谢：指王导、谢安，晋相，世家大族，贤才众多，皆居巷中，冠盖簪缨，为六朝（吴、东晋、宋齐梁陈先后建都于建康即今之南京）巨室。至唐时，则衰落不知其处。

译　文

朱雀桥边荒草丛生，野花遍地，在夕阳晚照中，乌衣巷口的断壁颓垣显得愈加荒凉。从前在王谢两大豪门的大堂前栖息的燕子，而今却飞入了寻常百姓人家。

赏　析

这是一首怀古诗，诗人通过对斜阳巷口荒凉景致的描写以及对朱雀桥今非昔比、王谢堂前燕易主的阐述，表达了对历史沧桑、人世变迁的无限感慨，全诗句句都在写景，没有一句抒情和议论，但却处处都给人以一种沉郁沧桑之感。这种从侧面描写的手法比直接的感叹歌咏更为打动人心，能于不动声色之中爆发出震撼性的巨大能量，给人以心灵上的巨大冲击。

东边日出西边雨，道是无晴却有晴

出　处

刘禹锡的《竹枝词》

原　文

竹枝词[1]

杨柳青青江水平，闻郎江上踏歌声。

东边日出西边雨，道是无晴却有晴[2]。

注　释

1. 竹枝词：乐府近代曲名。又名《竹枝》。原为四川东部一带民歌，唐代人刘禹锡根据民歌创作新词，多写男女爱情和三峡的风情，流传甚广。后代诗人多以《竹枝词》为题写爱情和乡土风俗。其形式为七言绝句。

2. 晴：通"情"。《全唐诗》也写作"情"。

译　文

杨柳青青江水宽又平，听见情郎江上踏歌声。

东边日出西边下起雨，说是无情但是还有情。

赏　析

这是一首描写青年男女爱情的诗歌。主要描写了一个初恋少女在杨柳青青、江平如镜的清丽的春日里，听到情郎的歌生所产生的内心活动。

末句"东边日出西边雨，道是无晴却有晴"，用谐音双关语来表达思想感情，是我国从古代到现代民歌中极为常用的一种表现手法。这首诗用这种方法来表达男女之间的爱情，贴切自然，既含蓄，又明朗，音节和谐，颇有民歌风情，但写得比一般的民歌更为细腻、更含蓄。因此，历来为人们所喜爱传诵。

不经一番寒彻骨，怎得梅花扑鼻香

出　处

黄檗禅师的《上堂开示颂》

黄檗禅师，唐时福建福清僧人。聪慧利达，精通内学，广修夕阵，时人称之为"黄檗希运"。

原　文

上堂开示颂

尘劳迥脱事非常[1]，紧把[2]绳头做一场。

不经一番寒彻骨，怎得梅花扑鼻香。

注　释

1. 尘劳：尘念劳心。迥脱：远离，指超脱。
2. 紧把：紧紧握住。

译　文

摆脱尘劳事不寻常，须下力气大干一场。

不经过彻骨寒冷，哪有梅花扑鼻芳香。

赏　析

这是一首格言诗，其诗的主旨在于"不经一番寒彻骨，怎得梅花扑鼻香"两句，作者借用梅花傲雪迎霜、凌寒独放的性格，勉励人应克服困难、立志成就事业。关于梅花，宋范成大在《梅谱·前序》中说："梅，天下之尤物，无问智愚贤不肖，莫敢有异议。""尤物"，这里指特别珍异的花卉，也就是说，梅是一种品质高出群芳的植物。可见，作者用梅花来象征一种精神，这象征本身已包含某种哲理；倘再就其经受的"彻骨寒"与最终获得的"扑鼻香"，予以因果上的提示，则作为喻体的"梅花"，更寄寓着另一层深刻的道理。作者借此诗偈，表达对坚志修行得正果的决心，说出了人对待一切困难所应采取的正确态度。这也是这两句诗极为有名，屡屡被人引用，从禅宗诗偈成为世俗名言的主要原因。

柴门闻犬吠，风雪夜归人

出　处

刘长卿的《逢雪宿芙蓉山主人》

刘长卿，字文房，唐代诗人。

原　文

逢雪宿芙蓉山主人

日暮苍山远[1]，天寒白屋[2]贫。

柴门闻犬吠[3]，风雪夜归人。

注　释

1. 苍山远：青山在暮色中影影绰绰显得很远。苍，青色。
2. 白屋：未加修饰的简陋茅草房。一般指贫苦人家。
3. 犬吠：狗叫。

译　文

暮色苍茫，更觉前行山路遥远。天寒地冻，倍觉投宿人家清贫。忽然听得柴门狗叫，应是主人风雪夜归。

赏　析

这首诗描绘的是一幅风雪夜归图。前两句，写诗人投宿山村时的所见所感。首句中"日暮"点明时间：傍晚。"苍山远"，是诗人风雪途中所见。青山遥远迷蒙，暗示跋涉的艰辛，急于投宿的心情。下句"天寒白屋贫"点明投宿的地点。"天寒白屋贫"：主人家简陋的茅舍，在寒冬中更显得贫穷。"寒""白""贫"三字互相映衬，渲染贫寒、清白的气氛，也反映了诗人独特的感受。

后两句写诗人投宿主人家以后的情景。"柴门闻犬吠"，诗人进入茅屋已安顿就寝，忽从卧榻上听到吠声不止。"风雪夜归人"，诗人猜想大概是芙蓉山主人披风戴雪归来了吧。这两句从耳闻的角度落墨，给人展示一个犬吠人归的场面。

这首诗用极其凝练的诗笔，描画出一幅以旅客暮夜投宿、山家风雪人归为素材的寒山夜宿图。诗是按投宿的顺序写的，表达了诗人对劳动人民清贫生活的同情。

月光如水水如天

出　处

赵嘏的《江楼感旧》

赵嘏，唐代诗人。字承佑，楚州山阳（今江苏省淮安市楚州区）人。存诗二百多首，其中七律、七绝最多，且较出色。

原　文

江楼感旧

独上江楼思渺然[1]，月光如水水如天。

同来望月人何处，风影依稀[2]似去年。

注　释

1. 思渺然：思绪怅惘。渺然，悠远的样子。
2. 依稀：仿佛；好像。

译 文

我独自一人来到这江边的高楼，我思绪纷然好像有满腹的忧愁。
我看见月光就像是水一般流淌，流淌的水又像是天空茫茫悠悠。
我还记得我们曾经一同来望月，而如今同来的你们又在哪逗留？
要知道这江楼水光相接的风景，和去年所见一样幽美一样轻柔。

赏 析

本诗是一首抒发愁苦之情的诗作。在一个清凉寂静的夜晚，诗人独自登上江边的小楼。"独上"，透露出诗人寂寞的心境；"思渺然"三字，又形象地表现出他那凝神沉思的情态。而对于诗人在夜阑人静时究竟"思"什么的问题，诗人并不急于回答。随后，诗人运笔自如，用下面的诗句赋予全篇一种空灵神远的艺术之美，使读者产生无限的联想。诗中没有确指登楼的时间是春天还是秋天，去年的另一"望月人"是男还是女，是家人、情人还是朋友，"同来"是指点江山还是互诉情衷，离散是因为世乱漂泊还是情有所阻，这一切都隐藏在诗的背后。读者完全可以展开自己想象的翅膀，在诗人提供的广阔天空里自由飞翔，充分领略这首小诗的幽韵和醇美。

假金方用真金镀，若是真金不镀金

出 处

李绅的《答章孝标》

李绅，唐朝宰相、诗人。字公垂，祖籍亳州谯县（今安徽省亳州市谯城）。

原 文

答章孝标

假金方用真金镀，若是真金不镀金。

十载长安得一第[1]，何须空腹[2]用高心。

注 释

1. 一第：这里指及第。

2. 空腹：指腹中空空，没有知识。

译 文

只有虚假的，不好的东西才需要一个好的包装。如果是真实的，好的东西就不需要华丽的包装来掩饰了。

十年春秋苦读才能及第，你为什么不积累知识，而去想那些远大的志向呢?

赏 析

本诗是作者给章孝标的答诗中的句子。章孝标是元和十四年进士，及第后写了《寄淮南李相公绅》诗："及第全胜十政官，金鞍镀了出长安。马头渐入扬州郭，为报时人洗眼看。"李绅答诗云："假金方用真金镀，若是真金不镀金。十载长安得一第，何须空腹用高心。"指出了世上只有劣质的赝品、冒牌货才需要用"镀金"的方式伪装一番，以假冒真，欺骗世人；货真价实的金子，当然用不着"镀金"之劳。此句颇有讽喻意义。

谁知盘中餐，粒粒皆辛苦

出　处

李绅的《悯农》

原　文

悯农

春种一粒粟，秋成万颗子。

四海无闲田[1]，农夫犹[2]饿死。

锄禾日当午，汗滴禾[3]下土。

谁知盘中餐[4]，粒粒皆辛苦。

注　释

1. 闲田：没有耕种的田。

2. 犹：仍然。

3. 禾：谷类植物的统称。

4. 餐：一作"飧"。熟食的统称。

译　文

春天只要播下一粒种子，秋天就可收获很多粮食。

普天之下，没有荒废不种的田地，劳苦农民，仍然要饿死。

农民在正午烈日的暴晒下锄禾，汗水从身上滴在禾苗生长的土地上。

又有谁知道盘中的饭食，每颗每粒都是农民用辛勤的劳动换来的呢？

赏　析

这首诗深刻地反映了中国封建社会农民的生存状态。第一、二句具体而形象地描绘了四处硕果累累的景象，突出了农民辛勤劳动获得丰收却两手空空、惨遭饿死的现实问题；第三句诗描绘了烈日当空的正午农民在田里劳作的景象，概括地表现了农民终年辛勤劳的生活，最后以"谁知盘中餐，粒粒皆辛苦"这样近似蕴意深远的格言，表达了诗人对农民真挚的同情之心。此诗选取了比较典型的生活细节和人们熟知的事实，集中地刻画了当时社会的矛盾。全诗风格简朴厚重，语言通俗质朴，音节和谐明快，并运用了虚实结合与对比的手法，增强了诗的表现力。

孤舟蓑笠翁，独钓寒江雪

出　处

柳宗元的《江雪》

柳宗元，字子厚，唐代文学家、哲学家、散文家，一生诗作较多。

原　文

江雪

千山鸟飞绝，万径[1]人踪灭。

孤舟蓑笠[2]翁，独钓寒江雪。

注　释

1. 万径：虚指，指千万条路。
2. 蓑笠：蓑衣和斗笠　笠，用竹篾编成的帽子。

译　文

山中的飞鸟都绝迹了，所有的道路都不见人影踪迹。一叶孤舟上，有一个披蓑戴笠的老翁，冒着刺骨的严寒独自垂钓。

赏　析

这是一幅格调清冷的江雪垂钓图。画面描绘的是：在苍茫的雪影之下，千山万径一片静寂，栖鸟不飞，人踪堙没，天地一片寂寥。在大雪纷落的江面上，有一个老渔翁驾着一叶扁舟，独自在寒冷的江心安静地垂钓。在一尘不染、万籁俱寂的世界里，渔翁不畏严寒、清高孤傲的性格跃然纸上，形象鲜明清晰，使人印象深刻。

可怜无定河边骨，犹是春闺梦里人

出 处

陈陶的《陇西行四首·其二》

陈陶，唐代诗人。字嵩伯，自号"三教布衣"，鄱阳剑浦人。一说岭南人，其诗作以平淡见称。陈陶屡举进士不第，遂隐居不仕。

原 文

陇西行四首·其二

誓扫匈奴不顾身，五千貂锦丧胡尘。

可怜无定河[1]边骨，犹是春闺[2]梦里人！

注 释

1. 无定河：在陕西北部。
2. 春闺：这里指战死者的妻子。

译 文

唐军将士誓死横扫匈奴奋不顾身，

五千身穿锦袍的精兵战死在胡尘。

真可怜啊那无定河边成堆的白骨，

还是少妇们梦中相依相伴的丈夫。

赏 析

这是一首边塞诗，反映了唐代长期的边塞战争给人民带来的痛苦和灾难。首二句以精练概括的语言，叙述了一个慷慨悲壮的激战场面。唐军誓死杀敌，奋不顾身，但结果五千将士全部丧身"胡尘"。"誓扫""不顾"，则表现了唐军将士忠勇敢战的气概与献身精神。汉代羽林军穿锦衣貂裘，这里借指精锐部队。部队如此精良，战死者达五千之众，足见战斗之激烈和伤亡之惨重。

其诗后两句中"无定河边骨"与"春闺梦里人"，一边是现实，一边是梦境；一边是悲哀凄凉的枯骨，一边是年轻英俊的战士，虚实相对，荣枯迥异，形成了强烈的艺术效果。

一行书信千行泪

出　处

陈玉兰的《寄外征衣》

陈玉兰，唐代女诗人，生卒年不详，著有《寄外征衣》一诗流传甚广。

原　文

寄外征衣

夫戍边关妾在吴，西风吹妾妾忧夫。

一行书信千行泪，寒[1]到君边衣到无？

注　释

1. 寒：寒冷的感觉。

译　文

丈夫你驻守边关，我在吴地，西风吹到我，我却担忧丈夫你。

每写一行家书，流千行泪，边关已经寒冷，不知道我寄给你的衣服收到了没有？

赏　析

在本诗中，作者用第一人称，并完全用内心独白的表现手法，通过寄衣前后的一系列心理活动：从念夫，到秋风吹起而忧夫，寄衣时和泪修书，一直到寄衣后的挂念，生动地表达了女主人公的内心世界。此诗通过人物心理活动的直接描写来表现主题，是运用得比较成功的。

诗中的名句"一行书信千行泪"，通过"一行"与"千行"的强烈对照，极言纸信情长。"千行泪"所包含的感情既有深厚的恩爱，又有强烈的哀怨，情绪极为复杂。

偷得浮生半日闲

出　处

李涉的《题鹤林寺壁》

李涉，唐代诗人。字不详，自号清溪子，洛阳（今河南洛阳）人。早岁客梁园，逢兵乱，避地南方，与弟李渤同隐庐山香炉峰下。著有《李涉诗》一卷，存词六首。

原　文

题鹤林寺壁

终日错错碎梦间，忽闻春尽强[1]登山。

因[2]过竹院逢僧话，偷得浮生[3]半日闲。

注　释

1. 强：勉强。

2. 因：由于。

3. 浮生：语出《庄子》中的"其生若浮"。意为人生漂浮不定，如无根之浮萍，不受自身之力所控，所谓之"浮生"。

译　文

长时间来一直处于混沌醉梦之中，无端地耗费着人生这点有限的时光。

　　有一天，忽然发现春天即将过去了，于是便强打精神登上南山去欣赏春色。

　　在游览寺院的时候，无意中与一位高僧闲聊了很久，难得在这纷扰的世事中暂且得到片刻的清闲。

赏　析

　　本诗有景有情，情景交融，直抒胸臆，道出了作者心中的苦闷。诗中的名句"偷得浮生半日闲"，意为从烦闷、失意中解脱出来，到一个幽雅脱俗的地方，让身心得到休养。当然，要更深层次地了解本诗，就要了解本诗的时代背景。李涉，在唐宪宗时，授太子通事舍人，后被贬谪陕川司仓参军。文宗时，召为太学博士，复以事流放南方。这是他在遭流放期间，强登镇江南山，在与寺僧的闲聊中，启开了苦闷的闸门，呼吸了清新的空气，强化了对现实的感受和认识，给自己麻木的心灵增添不少的欢愉。

宋诗

宋诗是在唐诗的基础上发展起来的，但又具有自己的特色。文学史上提到宋诗，有时是作为宋代诗歌的简称，有时则指某种与唐诗相对的诗歌风格。

从文化史的立场上讲，宋诗在唐代诗歌格律完备、意象纯熟、臻于顶峰的情况下另辟蹊径，为近世诗歌的发展提供了富有时代意义的榜样。本章选取了宋诗中的精华，这些诗歌，虽未必尽精，但有很多是众口传诵、风格不同的佳作，值得人们反复诵读。

书中自有黄金屋

出 处

赵恒的《劝学诗》

赵恒，宋朝第三位皇帝，即宋真宗。其在位后期，任王钦若、丁谓为相，二人常以天书、符瑞之说蛊惑朝野，赵恒也沉溺于封禅之事，广建宫观，劳民伤财，致使社会矛盾加深，使得北宋的内忧外患日趋严重。赵恒好文学，擅书法。有《御制集》三百卷，今仅存《玉京集》六卷。《全宋诗》录有其诗。

原 文

劝学诗

富家不用买良田，书中自有千钟粟[1]。

安居不用架高堂，书中自有黄金屋[2]。

出门无车毋须恨，书中有马多如簇。

娶妻无媒毋须恨，书中有女颜如玉[3]。

男儿欲遂平生志，勤向窗前读六经。

注 释

1. 千钟粟：富足的生活。
2. 黄金屋：指荣华富贵。
3. 颜如玉：指貌美的女子。

译 文

要想发家致富，不用去买良田，刻苦读书即可获得千钟粟。

要想生活安定，不需要建造高大堂皇的房子，刻苦读书即能获得黄金打造的房子。

出门无车也不要怨恨，刻苦读书即能获得良车好马。

娶妻无媒也不要怨恨，刻苦读书即可抱得美人归。

男子想要实现自己的愿望，只需勤奋读"六经"即可。

赏　析

这是一首劝学的诗篇，作者通过通俗平白的语言道出了读书考取功名是人生的一条绝佳出路。"书中自有黄金屋，书中自有颜如玉"概括了过去许多读书人读书的目的。其实列举这两者只是一种借代的说法，它们是一朝金榜题名出人头地后最具代表性的收获，这里也就代指出人头地。

当然，这首诗也是有时代背景的。赵匡胤在陈桥兵变后，得开大宋皇朝，这却使他心身警惕，于是制定了一个重要的国策，贬抑武人参政，建立一个新的制度，全国地方官一律任用文臣。国家需要很多文臣，而宋承五代长期的战乱，一般人都不喜欢读书，书读得好的就更少。所以朝廷为实行既定国策，就必须一方面广开读书人登仕的途径，一方面竭力提倡读书的风气。宋真宗赵恒御笔亲作《劝学诗》，传布天下，这首短短的篇章，迷醉天下学子，几近千年。

生当作人杰，死亦为鬼雄

出　处

李清照的《夏日绝句》

李清照，宋代女词人。号易安居士，齐州济南（今山东省济南市）人。她是婉约词派代表，有"千古第一才女"之称。

原　文

夏日绝句

生当作人杰[1]，死亦为鬼雄[2]。

至今思项羽，不肯过江东。

注 释

1. 人杰：人中的豪杰。汉高祖曾称赞开国功臣张良、萧何、韩信是"人杰"。

2. 鬼雄：鬼中的英雄。见屈原《国殇》："身既死兮神以灵，子魂魄兮为鬼雄。"

译 文

生时应当做人中豪杰，死后也要做鬼中英雄。

到今天人们还在怀念项羽，因为他不肯苟且偷生，退回江东。

赏 析

这是一首咏古诗。作者起笔落处，端正凝重，力透人胸臆，直指人脊骨。"生当作人杰，死亦为鬼雄"这不是几个字的精致组合，不是几个词的巧妙润色；是一种精髓的凝练，是一种气魄的承载，是一种所向无惧的人生姿态。那种凛然风骨，浩然正气，充斥于天地之间，直令鬼神徒然变色。

这首诗起调高亢，鲜明地提出了人生的价值取向：人活着就要做人中的豪杰，为国家建功立业；死也要为国捐躯，成为鬼中的英雄。爱国激情，溢于言表，在当时确有振聋发聩的作用。南宋统治者不管百姓死活，只顾自己逃命；抛弃中原河山，苟且偷生。因此，诗人想起了项羽。项羽突围到乌江，乌江亭长劝他急速渡江，回到江东，重整旗鼓。项羽自己觉得无脸见江东父老，便回身苦战，杀死汉兵数百，然后自刎。诗人鞭挞南宋当权派的无耻行径，借古讽今，正气凛然。

暗香浮动月黄昏

出 处

林逋的《山园小梅》

林逋，北宋著名的隐逸诗人。字君复，后人称为"和靖先生"，奉化大里黄贤村人。

原　文

山园小梅

众芳摇落独暄妍，占尽风情向小园。

疏影横斜¹水清浅，暗香浮动²月黄昏。

霜禽³欲下先偷眼，粉蝶如知合断魂。

幸有微吟⁴可相狎，不须檀板共金樽。

注　释

1. 疏影横斜：梅花疏疏落落，斜横枝干投在水中的影子。

2. 暗香浮动：梅花散发的清幽香味在飘动。

3. 霜禽：霜鸟，指白鸥、白鹭等。

4. 微吟：低声地吟唱。

译　文

百花凋零，独有梅花迎着寒风昂然盛开，那明媚艳丽的景色把小园的风光占尽。

稀疏的影儿，横斜在清浅的水中，清幽的芬芳浮动在黄昏的月光之下。

仙鹤想飞落下来时，先偷看梅花一眼；蝴蝶如果知道梅花的妍美，定会消魂失魄。

幸喜我能低声吟诵，和梅花亲近，不用敲着檀板唱歌，执着金杯饮酒来欣赏它了。

赏　析

本诗采用虚实结合、对比呈现的手法，使得全诗节奏起伏跌宕，色彩时浓时淡，环境动静相宜，观景如梦如幻，充分体现了"山园"的绝妙之处，这一点也是为许多赏家所忽视的，正是通过这一点，作者淋漓尽致地表达出"弗趋荣利""趣向博远"的精神品格。

"疏影横斜水清浅，暗香浮动月黄昏"两句被誉为千古咏梅绝唱。在此诗中，他将梅花写得超凡脱俗、俏丽可人，写照传神、言近旨远，提升了梅的品格，丰实了作品的境界，读来口齿噙香，令人赞叹，这两句诗成功地描绘出梅花清幽香逸的风姿，被誉为千古咏梅绝唱。

山外青山楼外楼

出 处

林升的《题临安邸》

林升，南宋诗人。字云友，又名梦屏，温州横阳亲仁乡荪湖里林坳（今苍南县繁枝林坳）人，是一位擅长诗文的士人。

原 文

题临安邸

山外青山楼外楼，西湖歌舞几时休？
暖风熏[1]得游人醉，直把杭州作汴州[2]。

注 释

1. 熏：吹，用于温暖馥郁的风。
2. 直：简直。汴州：即汴京，今河南开封市。

译 文

青山无尽楼阁连绵望不到头，西湖上的歌舞几时才能停休？
暖洋洋的香风吹得贵人如醉，简直是把杭州当成了那汴州。

赏 析

这首诗写在临安城一家旅店的墙壁上，不但通过描写乐景来表哀情，使情感倍增，而且在深邃的审美境界中，蕴含着深沉的意蕴。同时，诗人以讽刺的语言，不露声色地揭露了"游人们"的反动本质，也由此表现出诗人的愤激之情。

　　诗的头句"山外青山楼外楼"，诗人抓住临安城的特征——重重叠叠的青山，鳞次栉比的楼台，首先描写了祖国大好山河，起伏连绵的青山，楼阁一个接着一个，这是多么美好的风景。接着写道："西湖歌舞几时休？"诗人面对国家的现实状况，触景伤情。这样美好的大好山河，却被金人占有。诗句中一个"休"字，不但暗示了诗人对现实社会的心痛，更为重要的是表现出诗人对当政者一味"休"战言和、不思收复中原失地，只求苟且偏安，一味纵情声色，寻欢作乐的愤慨之情。

　　后两句"暖风熏得游人醉，直把杭州作汴州"。"游人"在这里不能仅仅理解为一般游客，它是主要特指那些忘了国难，苟且偷安、寻欢作乐的南宋统治阶级。这句紧承上句"西湖歌舞几时休"而来。诗人面对这不停的歌舞，看着这些"游人们"陶醉其中，不由得发出自己的感慨。

不识庐山真面目，只缘身在此山中

出　处

　　苏轼的《题西林壁》

　　苏轼，北宋诗人、词人，宋代文学家。字子瞻，和仲，号"东坡居士"，世称"苏东坡"。汉族，眉州人。他是豪放派词人的主要代表之一，"唐宋八大家"之一。

原　文

题西林壁

横看成岭侧[1]成峰，远近高低各不同[2]。

不识庐山真面目[3]，只缘身在此山中。

注　释

1. 侧：侧面。

2. 各不同：各不相同。

3. 不识：不能认识，辨别。真面目：指庐山真实的景色，形状。

译　文

从正面、侧面看庐山山岭连绵起伏、山峰耸立，从远处、近处、高处、低处看庐山，庐山呈现各种不同的样子。

我之所以认不清庐山真正的面目，是因为我身处在庐山之中。

赏　析

苏轼由黄州贬赴汝州任团练副使时经过九江，游览庐山。瑰丽的山水触发逸兴壮思，于是写下了若干首庐山记游诗。《题西林壁》是游庐山后的总结，它描写庐山变化多姿的面貌，并借景说理，指出观察问题应客观全面，如果主观片面，就得不出正确的结论。

开头两句"横看成岭侧成峰，远近高低各不同"，实写游山所见。庐山是座丘壑纵横、峰峦起伏的大山，游人所处的位置不同，看到的景物也各不相同。这两句概括而形象地写出了移步换形、千姿万态的庐山风景。

后两句"不识庐山真面目，只缘身在此山中"，是即景说理，谈游山的体会。为什么不能辨认庐山的真实面目呢？因为身在庐山之中，视野为庐山的峰峦所局限，看到的只是庐山的一峰一岭、一丘一壑，局部而已，这必然带有片面性。游山所见如此，观察世上事物也是如此。这两句诗有着丰富的内涵，它启迪我们认识为人处事的一个哲理——由于人们所处的地位不同，看问题的出发点不同，对客观事物的认识难免有一定的片面性；要认识事物的真相与全貌，必须超越狭小的范围，摆脱主观成见。

欲把西湖比西子，淡妆浓抹总相宜

出　处

苏轼的《饮湖上初晴后雨二首·其二》

原　文

饮湖上初晴后雨二首·其二

水光潋滟晴方好，山色空蒙雨亦奇。

欲把西湖比西子，淡妆浓抹[1]总相宜。

注　释

1. 妆：装饰。抹：涂抹。形容素雅和艳丽两种不同的装饰。

译　文

在灿烂的阳光照耀下，西湖水波荡漾，波光闪闪，十分美丽。在雨幕笼罩下，西湖周围的群山，迷迷茫茫，若有若无，非常奇妙。

若将西湖比作西施，她无论浓施粉黛还是淡描娥眉，总是风姿绰约的。

赏　析

这是一首赞美西湖美景的诗，也是一首写景状物的诗，写于诗人任杭州通判期间。原作有两首，这是第二首。

其中首句"水光潋滟晴方好"描写西湖晴天的水光：在灿烂的阳光照耀下，西湖水波荡漾，波光闪闪，十分美丽。次句"山色空蒙雨亦奇"描写雨天的山色：在雨幕笼罩下，西湖周围的群山，迷迷茫茫，若有若无，非常奇妙。从题目可以得知，这一天诗人在西湖游宴，起初阳光明丽，后来下起了雨。在善于领略自然美景的诗人眼中，西湖的晴姿雨态都是美好奇妙的。"晴方好""雨亦奇"，是诗人对西湖美景的赞誉。

"欲把西湖比西子，淡妆浓抹总相宜"两句，诗人用一个巧妙而又贴切的比喻，写出了西湖的神韵。诗人之所以拿西施来比西湖，不仅是因为二者同在越地，同有一个"西"字，同样具有婀娜多姿的阴柔之美，更主要的是她们都具有天然美的姿质，不用借助外物，不必依靠人为的修饰，随时都能展现美的风致。西施无论浓施粉黛还是淡描娥眉，总是风姿绰约的；西湖不管晴姿雨态还是花朝月夕，都美妙无比，令人神往。这个比喻得到后世的公认，从此，"西子湖"就成了西湖的别称。

春江水暖鸭先知

出　处

苏轼的《惠崇春江晓景二首·其一》

原　文

惠崇春江晓景二首·其一

竹外桃花三两枝，春江水暖鸭先知。

蒌蒿满地芦芽短[1]，正是河豚欲上时[2]。

注　释

1. 蒌蒿：草名，有青蒿、白蒿等种。《诗经》："呦呦鹿鸣，食野之蒿。"芦芽：芦苇的幼芽，可食用。

2. 河豚：鱼的一种，学名"鲀"，肉味鲜美，但是卵巢和肝脏有剧毒。产于我国沿海和一些内河。每年春天逆江而上，在淡水中产卵。上：指逆江而上。

译　文

竹林外两三枝桃花初放，鸭子在水中游戏，它们最先察觉了初春江水的回暖。

河滩上已经满是蒌蒿，芦笋也开始抽芽，而河豚此时正要逆流而上，从大海洄游到江河里来了。

赏　析

　　这是一首著名的题画诗。作者因为懂画、会画，所以他能紧紧抓住惠崇这幅《春江晓景》的画题画意，仅用桃花初放、江暖鸭嬉、芦芽短嫩等寥寥几笔，就勾勒出了早春江景的优美画境。尤其令人叫绝的是"春江水暖鸭先知"这一句，他把画家没法画出来的水温冷暖，描绘得富有情趣、美妙传神！此外，他的高妙还表现在幽默的想象上，他能看到画外，以画上并没有的"河豚欲上"，来点染初春的气息，深化画中的意境。如果说惠崇的画是"画中有诗"的话，那么这首诗便是"诗中有画"了。难怪它能作为一首人人喜爱的名诗而传诵至今！

一年好景君须记，最是橙黄橘绿时

出　处

　　苏轼的《赠刘景文》

原　文

赠刘景文

　　荷尽已无擎雨盖，菊残犹有傲霜[1]枝。

　　一年好景君须记，最是橙黄橘绿时[2]。

注　释

　　1. 傲霜：不怕霜冻寒冷，坚强不屈。

　　2. 橙黄橘绿时：指橙子发黄、橘子将黄犹绿的时候，指农历秋末冬初。

译　文

荷花凋谢连那擎雨的荷叶也枯萎了，只有那开败了菊花的花枝还傲寒斗霜。

一年中最好的景致你一定要记住，那就是在橙子金黄、橘子青绿的秋末冬初的时节啊。

赏　析

这首诗是诗人写给好友刘景文的。诗的前两句写景，抓住"荷尽""菊残"描绘出秋末冬初的萧瑟景象。"已无"与"犹有"形成强烈对比，突出菊花傲霜斗寒的形象。后两句议景，揭示赠诗的目的。说明冬景虽然萧瑟冷落，但也有硕果累累、成熟丰收的一面，而这一点恰恰是其他季节无法相比的。诗人这样写，是用来比喻人到壮年，虽已青春流逝，但也是人生成熟、大有作为的黄金阶段，勉励朋友珍惜这大好时光，要乐观向上、努力不懈，切不要意志消沉、妄自菲薄。

古人写秋景，大多气象衰飒，渗透悲秋情绪。然此处却一反常情，写出了深秋时节的丰硕景象，显露了勃勃生机，给人以昂扬之感。

春宵一刻值千金

出　处

苏轼的《春宵》

原　文

春宵

春宵[1]一刻值千金，花有清香[2]月有阴。

歌管楼台声细细，秋千院落夜沉沉。

注　释

1. 春宵：春夜。
2. 花有清香：意思是花朵散发出清香。

译　文

春天的夜晚，即便是极短的时间也十分珍贵。花儿散发着丝丝缕缕的清香，月光在花下投射出朦胧的阴影。

楼台深处，富贵人家还在轻歌曼舞，那轻轻的歌声和管乐声还不时地弥散于醉人的夜色中。夜已经很深了，挂着秋千的庭院已是一片寂静。

赏　析

开篇两句写春夜美景。春天的夜晚十分美丽，花朵盛开，月色醉人。这两句不仅写出了夜景的清幽和夜色的宜人，更是在告诉人们光阴的宝贵。

后两句写的是官宦贵族阶层尽情享乐的情景。夜已经很深了，院落里一片沉寂，他们却还在楼台里尽情地享受着歌舞和管乐，对于他们来说，这样的良辰美景更显得珍贵。作者的描写不无讽刺意味。

全篇写得明白如话却又立意深沉。在冷静自然的描写中，含蓄委婉地透露出作者对醉生梦死、贪图享乐、不惜光阴之人的深深谴责。诗句华美而含蓄，耐人寻味。特别是"春宵一刻值千金"，成了千古传诵的名句，人们常常用来形容良辰美景的短暂和宝贵。

人生看得几清明

出　处

苏轼的《东栏梨花》

原　文

东栏梨花

梨花淡白柳深青，柳絮飞时花满城。

惆怅东栏一株雪[1]，人生看得几清明。

注　释

1. 一株雪：这里喻指一支雪白的梨花，好似白雪一般。

译　文

梨花盛开、柳色深青是春末夏初之景，满天的柳絮四处飞舞时，城中处处有花开。

（我）惆怅地站在东栏旁，看那梨树上满是白色的梨花，人生能看到几次清明呢！

赏　析

这是一首感伤的诗歌，诗人因为梨花盛开而感叹时光的流逝。这首诗抒发了诗人感叹春光易逝、人生短促的哀愁，也抒发了诗人淡看人生、从失意中得到解脱的思想，寄予了作者自己清正坦荡的风骨。

此诗写于北宋熙宁十年，当时的苏轼已经四十一岁，经历了诸多的家庭变故，母亲、妻子、父母相继辞世。在政治上，因为王安石变法而引起的新旧党争，苏轼离开朝廷，带着淡淡的忧愁，在地方上为官。熙宁九年（1076 年）冬天，苏轼离开密州（今山东潍坊诸城），接任苏东坡密州知府职位的是孔宗翰。第二年春天，苏轼到徐州赴任，写了五首绝句给孔宗翰，这是其中的一首。

首句以淡白状梨花，以深青状柳叶，以柳青衬梨白，可谓是一青二白。梨花的淡白，柳的深青，这一对比，景色立刻就鲜活了，再加上第二句的动态描写：满城飞舞的柳絮，真是"春风不解禁杨花，蒙蒙乱扑行人面"，同时写出梨花盛开的季节，春意之浓，春愁之深，更加烘托出来。

腹有诗书气自华

出　处

苏轼的《和董传留别》

原　文

和董传留别

麤缯[1]大布裹生涯，腹有诗书气自华。

厌伴老儒[2]烹瓠叶，强随举子踏槐花。

囊空不办寻春马，眼乱行看择婿车[3]。

得意犹堪夸世俗，诏黄新湿字如鸦。

注　释

1. 麤缯：粗制的丝织品。
2. 老儒：旧谓年老的学人。
3. 择婿车：此指官贾家之千金所座之马车，游街以示择佳婿。

译　文

生活当中身上包裹着粗衣劣布，胸中有学问气质自然光彩夺人。

不喜欢陪伴着老儒一块儿清谈过"烹瓠叶"那样的苦日子，决定随从举子们参加科举考试。

口袋里没有钱不置办那"看花"的马，但会看令人眼花缭乱的

"择婿车"。

考试得中仍然可以向世俗的人们夸耀，诏书上如鸦的黑字新写着俺的名字。

赏　析

这是宋代文学家苏轼由凤翔府回到长安时所写的一首诗。苏轼在凤翔府任职时，董传曾与苏轼相从，当时董传生活贫困，衣衫朴素，但饱读诗书，满腹经纶，平凡的衣着掩盖不住他乐观向上的精神风骨。苏轼在诗中一面称许了董传的志向，同时预祝他黄榜得中。全诗巧于用典，蕴藉含蓄。而其中的"腹有诗书气自华"一句广为传诵，原因就在于它经典地阐述了读书与人的修养的关系。中国的读书人向来把读书视为积累知识、增长学问的有效途径。读书的作用不仅在于积累知识，还在于提升人的精神境界。尤其是常读书，日积月累就会使人脱离低级趣味，养成高雅、脱俗的气质。清代学者梁章钜说："人无书气，即为粗俗气，市井气，而不可列于士大夫之林。"事实证明，读书与不读书、读书多与读书少的人，所表现出的内在气质与素质是绝不相同的。"腹有诗书"指饱读诗书，满腹经纶，"气"可以理解为"气质"或"精神风貌"。全句的重心在"自"上面，它强调了华美的气质是饱读诗书的必然结果。

"腹有诗书气自华"一句，阐明了读书与高雅气质的必然联系，凝练概括，深得读者喜爱。今天人们引用它来说明读书求知可以培养人高尚的品格和高雅的气质，也用来赞美人学问渊博、气度不凡。

为有源头活水来

出　处

朱熹的《观书有感》

朱熹，宋代文学家、思想家、哲学家、教育家。字元晦，又字仲晦，号晦庵，晚号晦翁。徽州婺源县（今属江西）人，是宋代理学的集大成者。

原　文

观书有感

半亩方塘一鉴开，天光云影共徘徊。

问渠那得清如许[1]？为有源头活水[2]来。

注　释

1. 渠：他，指方塘。那得：怎么会。那，通"哪"，怎么的意思。清如许：这样清澈。

2. 源头活水：源头活水比喻知识是不断更新和发展的，从而不断积累，只有在人生中不断学习运用探索，才能使自己保持进步和活力，就像水的源头一样。

译　文

半亩大的方形池塘像一面镜子一样打开，清澈明净，天光、云影在水面上闪耀浮动。

要问池塘里的水为何这样清澈，是因为有永不枯竭的源头源源不断地为它输送活水。

赏　析

这是一首哲理性的小诗。人们在读书后，时常有一种豁然开朗的感觉，该诗是以象征的手法，将这种内心感觉化作可以感触的具体形象加以描绘，让读者自己去领略其中的奥妙。所谓"源头活水"，指从书中不断汲取新的知识。它旨在告诫人们：读书需要求异求新，诗以源头活水比喻学习要不断读书，不断从读书中汲取新的营养才能有日新月异的进步。学生在读书时要克服浮躁的情绪，才能使自己的内心清澈如水。源头活水不断，池水才能清澈见底，映照出蓝天云影，人只有经常开卷阅读才能滋润心灵焕发神采。

等闲识得东风面，万紫千红总是春

出　处

朱熹的《春日》

原　文

春日

胜日寻芳泗水¹滨，无边光景一时新。

等闲²识得东风面，万紫千红总是春。

注　释

1. 泗水：河名，在山东省。
2. 等闲：随意。"等闲识得"是容易识别的意思。

译　文

风和日丽游春在泗水之滨，无边无际的风光焕然一新。

谁都可以看出春天的面貌，春风吹得百花开放、万紫千红，到处都是春天的景致。

赏　析

这是一首咏春诗。从诗中所写的景物来看，也很像是这样。首句"胜日寻芳泗水滨"，"胜日"指晴日，点明天气。"泗水滨"点明地点。"寻芳"，即是寻觅美好的春景，点明了主题。下面三句都是写"寻芳"所见所得。次句"无边光景一时新"，写观赏春景中获得的初步印象。用"无边"形容视线所及的全部风光景物。"一时新"，既写出春回大地，自然景物焕然一新，也写出了作者郊游时耳目一新的欣喜感觉。

第三句"等闲识得东风面"，句中的"识"字承首句中的"寻"字。"等闲识得"是说春天的景象与特征是很容易辨认的。"东风面"

借指春天。

第四句"万紫千红总是春"，是说这万紫千红的景象全是由春光点染而成的，人们从这万紫千红中认识了春天。感受到了春天的美。这就具体解答了为什么能"等闲识得东风面"。而此句的"万紫千红"又照应了第二句中的"光景一时新"。第三、四句是用形象的语言具体写出光景之新，寻芳所得。

少年易老学难成，一寸光阴不可轻

出　处

朱熹的《劝学诗》

原　文

劝学诗

少年易老学难成，一寸光阴不可轻。

未觉池塘春草梦，阶前梧叶已秋声[1]。

注　释

1. 秋声：秋时西风作，草木凋零，一片肃杀。

译　文

青春的日子十分容易逝去，学问却很难获得成功，所以每一寸光阴都要珍惜，不能轻易放过。

没等池塘生春草的美梦醒来，台阶前的梧桐树叶就已经在秋风里沙沙作响了。

赏　析

这是一首逸诗，具体写作年代不详，大约在绍兴末年。其主旨是劝年轻人珍惜光阴，努力向学，用以劝人，亦用于自警。该诗语言明白易懂，形象鲜明生动，把时间快过、岁月易逝的程度，用池塘春草梦未觉，阶前梧桐忽秋声来比喻，十分贴切，倍增劝勉的力量。

黄金无足色，白璧有微瑕

出　处

戴复古的《寄兴》

戴复古，南宋著名江湖派诗人。字式之，常居南塘石屏山，故自号石屏、石屏樵隐。天台黄岩（今浙江台州）人。一生不仕，浪游江湖，后归家隐居，卒年八十余。曾跟从陆游学诗，作品受晚唐诗风影响，兼具江西诗派风格。部分作品抒发爱国思想，反映人民疾苦，具有现实意义。

原　文

寄兴

黄金无足色[1]，白璧有微瑕[2]。

求人不求备，妾愿老君家。

注　释

1. 足色：即纯金。

2. 瑕：玉上的斑点。

译　文

黄金没有十足的赤金，没有完全无瑕疵的白玉。对人不能求全，我愿意在君家里老去。

赏　析

本诗中，作者以一个妇人的角度，阐述了世界上没有十全十美的事物，也比喻世上没有毫无缺点和错误的人，即平常所说的"金无足赤，人无完人"，以这样的思想方法看人待物，才不至于形而上学。我们后来所说的"金无足赤，人无完人"就出自本诗。

世上岂无千里马，人中难得九方皋

出　处

黄庭坚的《过平舆怀李子先时在并州》

黄庭坚，北宋诗人、词人、书法家，为盛极一时的江西诗派开山之祖，而且，他跟杜甫、陈师道和陈与义素有"一祖三宗"（黄为其中一宗）之称。字鲁直，自号山谷道人，晚号涪翁，又称豫章黄先生，洪州分宁（今江西修水）人。

原　文

过平舆怀李子先时在并州

前日幽人佐吏曹¹，我行堤草认青袍²。

心随汝水春波动，兴与并门³夜月高。

世上岂无千里马，人中难得九方皋⁴。

酒船鱼网归来是，花落故溪深一篙。

注　释

1. 幽人：隐士。此指品行高洁的人。吏曹：官名。

2. 青袍：汉以后贱者穿青色衣服。因指贱者之服。

3. 并门：指并州。

4. 九方皋：春秋时善于相马的人。他曾为秦穆公寻得千里马。

译　文

当年，品行高洁的你出任小小的吏曹时，我去送你行走在长堤上，看见那碧绿的春草，想到自己也穿着青袍，位居下僚。

今天，我的心情随着这汝水而波动；你的兴致，想来一定是随着并州城门上的月亮，逐渐升高。

哎，这个世上难道没有千里马吗？不，只不过是人群中找不到善于相马的九方皋罢了。

家乡有船可载酒有网可捕鱼，还是回去吧，我们以前游玩的溪水中眼下正漂浮着落花，水深刚好一篙。

赏　析

这首诗用"幽人佐吏曹"开篇，以"故溪深一篙"做结，很像是无首无尾，然而横空出语，收束有力。各联之间，直联说官卑，颔联写春兴，颈联叹九方皋之罕见，尾联叙故溪之可游，每联下语也如同不知其所从来。但是细味诗意，脉理仍旧是清晰可见的。因为从内容上来讲，诗人和朋友之所以"心动""兴高"，并不仅仅是感觉到"春波""夜月"的缘故，更重要的是感慨自己"佐吏曹""青袍"这样的低下地位，因此也就极容易发出千里马、九方皋之叹，慨叹之余，希望能退隐于酒船渔网之间，也就顺理成章了。从结构上看，首联总提，中间两联分议，末联收拢，也分得巧妙，合得有力，既富于变化，又做到了天衣无缝。

人生自古谁无死，留取丹心照汗青

出　处

文天祥的《过零丁洋》

文天祥，宋末政治家、文学家、诗人，抗元名臣，与陆秀夫、张世杰并称为"宋末三杰"。名云孙，字宋瑞，一字履善。江西吉州庐陵（今江西省吉安）人。

原　文

过零丁洋[1]

辛苦遭逢起一经[2]，干戈寥落四周星。

山河破碎风飘絮，身世浮沉雨打萍。

惶恐滩³头说惶恐，零丁洋里叹零丁。

人生自古谁无死，留取丹心照汗青⁴。

注　释

1. 零丁洋：即"伶丁洋"。今广东省珠江口外。1278 年底，文天祥率军在广东五坡岭与元军激战，兵败被俘，囚禁于船上曾经过零丁洋。

2. 遭逢：遭遇。起一经：因为精通一种经书，通过科举考试而被朝廷起用做官。文天祥二十岁考中状元。

3. 惶恐滩：在今江西省万安县，是赣江中的险滩。1277 年，文天祥在江西被元军打败，所率军队死伤惨重，妻子儿女也被元军俘虏。他经惶恐滩撤到福建。

4. 丹心：红心，比喻忠心。汗青：同"汗竹"，史册。古代用简写字，先用火烤干其水分，干后易写而且不易被虫蛀，也称汗青。

译　文

回想我早年由科举入仕历尽辛苦，如今战火消歇已熬过了四个年头。

国家危在旦夕恰如狂风中的柳絮，个人又哪堪言说似骤雨里的浮萍。

惶恐滩的惨败让我至今依然惶恐，零丁洋身陷元虏可叹我孤苦零丁。

人生自古以来有谁能够长生不死？我要留一片爱国的丹心映照史册。

赏　析

该诗是文天祥在 1279 年经过零丁洋时所作。此诗前二句，诗人回顾平生；中间四句紧承"干戈寥落"，明确表达了作者对当前局势的认识；末二句是作者对自身命运的一种毫不犹豫的选择。全诗表现了慷慨激昂的爱国热情和视死如归的高风亮节，以及舍生取义的人生观，是中华民族传统美德的崇高表现。

黄梅时节家家雨，青草池塘处处蛙

出　处

赵师秀的《有约》

赵师秀，南宋诗人。字紫芝，号灵秀，亦称灵芝，又号天乐。永嘉（今浙江温州）人。

原　文

有约

黄梅时节家家雨[1]，青草池塘处处蛙。

有约不来过夜半，闲敲棋子落灯花[2]。

注　释

1. 黄梅时节：五月，江南梅子熟了，大都是阴雨绵绵的时候，称为"梅雨季节"，所以称江南雨季为"黄梅时节"。意思就是夏初江南梅子黄熟的时节。家家雨：家家户户都赶上下雨。形容处处都在下雨。

2. 落灯花：旧时以油灯照明，灯芯烧残，落下来时好像一朵闪亮的小花。落，使……掉落。灯花，灯芯燃尽结成的花状物。

译　文

梅子黄时，家家都笼罩在雨中，长满青草的池塘边上，传来阵阵的蛙声。

时间已经过了午夜，约请的客人还没有来，我无聊地轻轻敲着棋子，震落了点油灯时灯芯结出的疙瘩。

赏　析

　　与人约会而久候不至，难免焦躁不安，这大概是每个人都有的经历。以此入诗，就难以写得蕴藉有味。然而，赵师秀的这首小诗状此种情致，却写得深蕴含蓄，余味曲包。

　　诗的开头两句"黄梅时节家家雨，青草池塘处处蛙"，完全写景，描绘出一幅江南夏雨图。梅雨季节，阴雨连绵，池塘水涨，蛙声不断，乡村之景是那么清新恬静、和谐美妙。

　　"有约不来过夜半"，这一句才点明了诗题，也使得上面两句景物、声响的描绘有了着落。与客有约，但是过了夜半还不见人来，无疑是因为这绵绵不断的夜雨阻止了友人前来践约。夜深不寐，足见诗人期待之久、希望之殷，至此，似乎将期客不至的情形已经写尽，然而末句一个小小的衬垫，令诗大为生色。

　　"闲敲棋子落灯花"，这句只是写了诗人一个小小的动作，然而这个动作，将诗人焦躁而期望的心情刻画得细致入微。因为孤独一人，下不成棋，所以说"闲敲棋子"，棋子本不是敲的，但敲打棋子，正体现了孤独中的苦闷；"闲"字说明了无聊，而正在这个"闲"字的背后，隐含着诗人失望焦躁的情绪。

老树着花无丑枝

出　处

　　梅尧臣的《东溪》

　　梅尧臣，北宋著名现实主义诗人。字圣俞，世称宛陵先生，宣州宣城（在今安徽）人。

原　文

东溪

行到东溪[1]看水时，坐临孤屿发船迟。

野凫[2]眠岸有闲意，老树着花无丑枝。

短短蒲耳齐似剪，平平沙石净于筛。

情虽不厌住不得[3]，薄暮归来车马疲。

注　释

1. 东溪：即宛溪，在作者家乡安徽宣城。溪发源于天目山，至城东北与句溪合，宛、句两水，合称"双溪"。溪中多石，水波翻涌，奇变可玩。

2. 野凫：野鸭。

3. 住不得：再不能停留下去了。

译　文

我来到东溪边观赏溪景，面对着水中的孤石迟迟舍不得上船离开。

野鸭在岸边睡着，充满闲情逸趣；老树伸展着秀丽的枝干，繁花似锦，惹人喜爱。

溪旁短短的蒲草整齐得似乎经过修剪，平坦的沙岸，洁白的沙石仿佛多次被粗选细筛。

我虽然迷上了这里但不得不回去，傍晚到家马儿已累得精疲力衰。

赏　析

这是一首写景诗，意新语工，结构严密，体现了诗人的闲情逸致。

诗歌首句"行到东溪看水时"，诗人专门乘舟到东溪去看水，一是说明东溪水好，再就是诗人自己"爱闲"，整天挣扎在名利场中的过客是无暇欣赏山水的；第二句写到了东溪，登山孤屿，被眼前的美景所陶醉，不由得流连忘返。"发船迟"正见此意。

"野凫眠岸有闲意，老树着花无丑枝。短短蒲耳齐似剪，平平沙石净于筛"，四句具体描绘东溪风光。坐临孤屿，诗人看到的是野鸭眠岸，老树着花，短短蒲耳和平平沙石，平平常常的野鸭在岸边栖息，诗人竟看到了其中的闲意，不是"闲人"哪有此境界？这正是推己及物，物我两忘。又看到老树着花，盘根错节，人老心红，焕发了诗人的青春气息。"无丑枝"新颖俏皮，恬淡悠然的心绪又一次得到深化。再看那"齐似剪"的蒲耳、"净于筛"的沙石更觉赏心悦目，心灵也得到了净化。

五更千里梦，残月一城鸡

出　处

梅尧臣的《梦后寄欧阳永叔》

原　文

梦后寄欧阳永叔[1]

不趁常参[2]久，安眠向旧溪。

五更千里梦，残月一城鸡。

适往言犹在，浮生[3]理可齐。

山王[4]今已贵，肯听竹禽啼。

注　释

1. 欧阳永叔：即欧阳修，字永叔，号醉翁。

2. 常参：唐宋官制，在皇帝正朝日，于大殿朝见，称为常参，参与朝见的称为常参官。

3. 浮生：作者自嘲的说法，指自己大半生虚度。

4. 山王：山指山涛，王指王戎。二人均为晋时名士，与阮籍、嵇康等合称"竹林七贤"。这里以山王指代欧阳修。

译　文

我已经离开朝廷与友人多日了，安居故乡。五更梦醒后，看到的是残月斜照屋梁，听到的是满城鸡啼，仿佛还沉浸于方才的梦境中，梦见与好友在千里之外京城相聚。回味梦中，朋友相聚的知心话还在耳边回响，想到现时人生的一切，跟做了一场梦一样。老朋友啊，如今你已经显贵，是不是还肯像从前同游时，听竹鸡的啼叫？

赏　析

该诗写于 1055 年，是年，梅尧臣五十四岁，在宣城居丧。首两句"不趁常参久，安眠向旧溪"，讲的就是这个事。梅尧臣在居丧前，官为太常博士，得与常参。此诗为梦后所作，故开头点出"安眠"。接下来，"五更千里梦，残月一城鸡"两句，转入"梦后"情景。

这首诗之所以见称于人，主要在于这三四两句，尤其是第四句，写景如画，并含不尽之意。一些文学史就以它作为梅尧臣"状难写景，含不尽之间"的范例。

诗中的名句"五更千里梦，残月一城鸡"主要写的是梦醒后的惆怅的心情及对朋友的怀念。"五更"为梦醒的时间。"千里梦"指作者曾梦游千里，到京都会见友人，从下面的"适往言犹在"一句可知，他们曾在梦中促膝长谈，醒来时谈话的内容还记得清清楚楚。"残月一城鸡"写梦醒后见到的景色，听到的声音。残月斜照，景色凄清，朋友的身影已不见，朋友的声音也消失。在这五字景语中，寄托着作者的无限惆怅，思友之情油然而生。

遥知不是雪，为有暗香来

出　处

王安石的《梅花》

王安石，北宋杰出的政治家、思想家、文学家。字介甫，号半山，封荆国公。世人又称王荆公。临川盐阜岭（今江西省抚州市临川区）人，是杰出的唐宋八大家之一。

原　文

梅花

墙角数枝梅，凌寒[1]独自开。

遥知[2]不是雪，为[3]有暗香来。

注　释

1. 凌寒：冒着严寒。
2. 遥：远远地。知：知道。
3. 为：因为。

译　文

那墙角的几枝梅花，冒着严寒独自盛开。

为什么远望就知道洁白的梅花不是雪呢？因为梅花隐隐传来阵阵的香气。

赏　析

这首诗通过写梅花，在严寒中怒放、洁白无瑕，赞美了梅花高贵的品德和顽强的生命力。首句"墙角数枝梅"中的"墙角"这个环境突出了数枝梅身居简陋、孤芳自开的形态，体现了人所处环境恶劣，却依旧坚持自己的主张的态度。

"凌寒独自开"，"独自"，语意刚强，无惧旁人的目光，在恶劣的环境中，依旧屹立不倒。体现出诗人坚持自我的信念。

"遥知不是雪"，"遥知"说明香从老远飘来，淡淡的，不明显。诗人嗅觉灵敏，独具慧眼，善于发现。"不是雪"，不说梅花，而梅花的洁白可见。意为远远望去十分纯净洁白，但知道不是雪而是梅花。诗意曲折含蓄，耐人寻味。

春风又绿江南岸，明月何时照我还

出　处

王安石的《泊船瓜洲》

原　文

泊船瓜洲

京口瓜洲^{1}一水间，钟山^{2}只隔数重山。

春风又绿江南岸，明月何时照我还。

注　释

1. 瓜洲：镇名，在长江北岸，扬州南郊，即今扬州市南部长江边，京杭大运河分支入江处。

2. 钟山：在江苏省南京市紫金山。

译　文

京口和瓜洲不过一水之遥，钟山也只隔着几重青山。

温柔的春风又吹绿了大江南岸，可是，天上的明月呀，你什么时候才能够照着我回家呢？

赏　析

这是一首著名的抒情小诗，抒发了诗人眺望江南、思念家乡的深切感情。本诗从字面上看，流露出对故乡的怀念之情，大有急欲飞舟渡江回家和亲人团聚的愿望。其实，在字里行间也寓着他重返朝廷、推行新政的强烈愿望。

诗人回首江南，大地一片翠绿，这固然是春风吹绿的，但是那葱绿的禾苗难道不是变法措施的实效吗？

但是官场是险象环生的，诗人望着这瓜洲渡口，也望着钟山的明月，发出了"明月何时照我还"的慨叹，诗人是想早点离开黑白颠倒的官场，离开那丑恶、腐朽的地方，体现了作者希望重返那没有利益纷争的家乡，很有余韵。

千门万户曈曈日，总把新桃换旧符

出　处

王安石的《元日》

原　文

元日

爆竹声中一岁除，春风送暖入屠苏¹。

千门万户曈曈²日，总把新桃换旧符。

注　释

1. 屠苏：指屠苏酒，饮屠苏酒是古代过年时的一种习俗，大年初一全家合饮这种用屠苏草浸泡的酒，以驱邪避瘟疫，求得长寿。

2. 曈曈：日出时光亮而温暖的样子。

译　文

阵阵的爆竹声中，旧的一年已经过去；和暖的春风吹来了新的一年，人们欢乐地畅饮着新酿的屠苏酒。

初升的太阳照耀着千家万户，人们都忙着把旧的桃符取下来，换上新的桃符。

赏　析

这是一首描写春节除旧迎新的景象。一片爆竹声送走了旧的一年，饮着醇美的屠苏酒感受到了春天的气息。初升的太阳照耀着千家万户，家家门上的桃符都换成了新的。

这是一首写古代迎接新年的即景之作，取材于民间习俗，摄取了老百姓过春节时的典型素材，抓住有代表性的生活细节：点燃爆竹，饮屠苏酒，换新桃符，充分表现出年节的欢乐气氛，富有浓厚的生活气息。

这首诗表现的意境和现实，自有它的比喻象征意义，王安石这首诗充满欢快及积极向上的精神，是因为他当时正任宰相，推行新法。王安石是北宋时期著名的改革家，他在任期间，正如眼前人们把新的桃符代替旧的一样，革除旧政，施行新政。王安石对新政充满信心，所以反映到诗中就分外开朗。这首诗，正是赞美新事物的诞生如同"春风送暖"那样充满生机；"瞳瞳日"照着"千门万户"，这不是平常的太阳，而是新生活的开始，变法带给百姓的是一片光明。结尾一句"总把新桃换旧符"，表现了诗人对变法胜利和人民生活改善的欣慰喜悦之情。其中含有深刻哲理，指出新生事物总是要取代旧事物这一规律。

百战疲劳壮士哀，中原一败势难回

出　处

王安石的《叠题乌江亭》

原　文

叠题乌江亭

百战疲劳壮士哀，中原一败势难回。

江东[1]子弟今虽在，肯[2]与君王卷土来？

注　释

1. 江东：指长江下游芜湖、南京以下的江南地区，是项羽的起兵之地。

2. 肯：岂肯，怎愿。

译　文

征战使战士疲劳，士气低落，中原一败之后大势难以挽回。

即使江东的子弟现在还在，但是，谁能保证他们为了项羽而卷土重来？

赏　析

本诗是一首咏古怀今诗。开篇就以史实扣题，针对项羽的失败直接地指出"势难回"。楚霸王的转折点在"鸿门宴"，因为没杀刘邦，"垓下之围"时已经面临众叛亲离的境地。而细数项羽失败的原因，最主要的恐怕就是他刚愎自用吧。所以文章"壮士哀"就隐含着这样的信息，那时的项羽已经失去人心，天时、地利、人和中，人和是最重要的因素，而项羽已经失去人心，要挽回大业是十分艰难的，概率也是很低的。

所以，王安石在三、四两句中进一步阐释"江东子弟今虽在，肯为君王卷土来"，他以辛辣的口吻明确地指出，即使项羽真的重返江东，江东子弟是不会替他卖力的。杜、王的观点不同是因为他们的出发点和立场不同。杜牧着眼于宣扬不怕失败的精神，是借题发挥，是诗人咏史；王安石则审时度势，指出项羽败局已定，势难挽回，反驳了杜牧的论点，是政治家的咏史。诗中最后的反问道出了历史的残酷与人心向背的变幻莫测，也体现出王安石独到的政治眼光。

举头红日近，回首白云低

出　处

寇准的《咏华山》

寇准，北宋政治家、诗人。字平仲。汉族，华州下邽（今陕西渭南）人。

原　文

咏华山

只有天在上，更无山与齐[1]。

举头红日近，回首[2]白云低。

注　释

1. 与齐："与之齐"的省略，即没有山和华山齐平。
2. 回首：这里作低头讲，与"举头"相对应。

译　文

华山的上面只有青天，世上再也找不到和它齐平的山。

在山顶抬头就能看到红色的太阳有多近，回头看甚至觉得白云都很低。

赏　析

这是寇准七岁时咏的一首诗，他是北宋时期的神童，聪慧过人。他咏的这首诗，缘境构诗，诗与境谐。孩子的诗是即景即情之作，与先前的爬山描写投榫合缝，都突出了华山的高峻陡峭，气势不凡，显得贴合山势，准确传神，应该说是难能可贵了。

据记载，寇准小时候，其父大宴宾客，饮酒正酣，客人请小寇准以附近华山为题，作咏华山的诗，寇准在客人面前踱步思索，一步、二步，到第三步便随口吟出一首五言绝句："只有天在上，更无山与齐。举头红日近，回首白云低。"比世人皆知的曹植七步成诗还要快，真是才思敏捷，出口成章。

接天莲叶无穷碧，映日荷花别样红

出　处

杨万里的《晓出净慈寺送林子方》

杨万里，南宋著名文学家、诗人。字廷秀，号诚斋。汉族。吉州吉水（今江西省吉水县）人。与陆游、尤袤、范成大并称"南宋四大家"。因宋光宗曾为其亲书"诚斋"二字，故学者称其为"诚斋先生"。

原　文

晓出净慈寺[1]送林子方

毕竟西湖六月中，风光不与四时同。

接天莲叶无穷碧[2]，映日荷花别样红[3]。

注　释

1. 净慈寺：全名"净慈报恩光孝禅寺"，与灵隐寺为杭州西湖南北山两大著名佛寺。

2. 接天：像与天空相接。无穷：无边无际。无穷碧，因莲叶面积很广，似与天相接，故呈现无穷的碧绿。

3. 映日：日红。别样：宋代俗语，特别，不一样。别样红，红得特别出色。

译　文

六月里西湖的风光景色和其他时节不一样：那密密层层的荷叶铺展开去，与蓝天相连接，无边无际的青翠碧绿。

那亭亭玉立的荷花绽蕾盛开，在阳光的映照下，显得格外的鲜艳娇红。

赏　析

　　这是一首描写杭州西湖六月美丽景色的诗。全诗通过对西湖美景的赞美，曲折地表达对友人深情的眷恋。"毕竟西湖六月中，风光不与四时同"，诗人开篇即说毕竟六月的西湖，其风光是不与四时相同的，这两句质朴无华的诗句，说明六月的西湖与其他季节不同的风光，是足可留恋的。这两句是写六月西湖给诗人的总的感受。

　　然后，诗人用充满强烈色彩对比的句子，给读者描绘出一幅大红大绿、精彩绝艳的画面："接天莲叶无穷碧，映日荷花别样红。"这两句具体地描绘了"毕竟"不同的风景图画：随着湖面而伸展到尽头的荷叶与蓝天融合在一起，造成了"无穷"的艺术空间，涂染出无边无际的碧色；在这一片碧色的背景上，又点染出阳光映照下的朵朵荷花，红得那么娇艳、那么明丽。

小荷才露尖尖角，早有蜻蜓立上头

出　处

　　杨万里的《小池》

原　文

小池

　　泉眼无声惜细流，树阴照水爱晴柔[1]。

　　小荷才露尖尖角，早有蜻蜓立上头。

注　释

　　1. 照水：映在水里。晴柔：晴天里柔和的风光。

译　文

　　泉眼悄然无声是因舍不得细细的水流，树荫倒映水面是喜爱晴天和风的轻柔。

娇嫩的小荷叶刚从水面露出尖尖的角，就有一只调皮的小蜻蜓立在它的上头。

赏　析

此诗是一首清新的小品。一切都是那样得细，那样得柔，那样得富有情意。它句句是诗，句句如画，展示了明媚的初夏风光，自然朴实，又真切感人。这首诗描写一个泉眼、一道细流、一池树荫、几支小小的荷叶、一只小小的蜻蜓，构成一幅生动的小池风物图，表现了大自然中万物之间亲密和谐的关系。开头"泉眼无声惜细流，树阴照水爱晴柔"两句，把读者带入了一个小巧精致、柔和宜人的境界之中，一道细流缓缓从泉眼中流出，没有一点声音；池畔的绿树在斜阳的照射下，将树荫投入水中，明暗斑驳，清晰可见。

三、四两句，诗人好像一位高明的摄影师，用快镜拍摄了一个妙趣横生的镜头："小荷才露尖尖角，早有蜻蜓立上头。"还未到盛夏，荷叶刚刚从水面露出一个尖尖角，一只小小的蜻蜓立在它的上头。一个"才露"，一个"早立"，前后照应，逼真地描绘出蜻蜓与荷叶相依相偎的情景。

儿童急走追黄蝶，飞入菜花无处寻

出　处

杨万里的《宿新市徐公店》

原　文

宿新市徐公店

篱落疏疏[1]一径深，树头花落未成阴[2]。

儿童急走追黄蝶，飞入菜花无处寻。

注　释

1. 疏疏：稀疏。
2. 阴：树叶茂盛浓密而形成的树荫。

译　文

篱笆稀稀落落，一条小路通向远方，树上的花瓣纷纷飘落下来，却还没有形成树荫。

儿童们飞快地奔跑着追赶黄色的蝴蝶，可是蝴蝶突然飞入菜花丛中，再也找不到了。

赏　析

这首诗是描写农村早春风光的，诗人把景物与人物融为一体，别有情趣。

第一句是纯景物的静态描写。篱笆和小路，点明这是农村，"篱落"是有宽度的，用"疏疏"指出它的状态，显见其中有间隔，才能看见篱笆外面的山道。"一径深"，表明山道只有一条，并且很长，延伸到远方。宽广的篱落与窄小的一径相对照，稀稀疏疏与绵绵长长相对照，互相映衬，突出了农村清新与宁静。

第二句也是纯景物的静态描写。路旁，树枝上的桃花、李花已经落了，但树叶还没有长茂密，展示出农村自然、朴素的风貌。

第三句是人物动态描写。"急走"与"追"相结合，儿童们那种双手扑扑打打，两脚跌跌撞撞追蝶的兴奋、欢快场面就历历在目了，反映了儿童的天真活泼。

第四句，菜花是黄的，又是繁茂的一片，一只小小的蝴蝶，飞入这黄色的海洋里，自然是无处寻了。读者可以想象，这时儿童们东张西望，四处搜寻的焦急状态，以及搜寻不着的失望情绪等，更表现出儿童的天真和稚气。

本诗通过对春末夏初季节交替时景色的描写，体现了万物勃发的生命力。全诗所摄取的景物极为平淡，所描绘人物的活动也极为平常，但由于采取景物与人物相结合、动静相间的写作手法，成功地刻画出农村恬淡自然、宁静清新的早春风光。

几家欢乐几家愁

出　处

杨万里的《竹枝词》

原　文

竹枝词

月儿弯弯照九州[1]，几家欢乐几家愁。

几家夫妇同罗帐，几个飘零在外头？

注　释

1. 九州：指中国。此处借指人间。

译　文

一弯月牙照着人间，多少人家欢乐，多少人家忧愁。

有多少人家夫妻团聚，享受天伦之乐；又有多少人家无依无靠，四处飘零？

赏　析

诗人从月照人间写起，月亮的阴晴圆缺好像是同人间的悲欢离合连在一起，因为将自然现象的变化同人事联系在一起，是古人的一种心理倾向。

这首诗歌揭露了南宋统治阶级，对外实行不抵抗主义，对内残酷压迫人民，偏安江南，过着骄奢淫逸的生活，使老百姓饱受离乱之苦。月亮照耀着大地，同在一片蓝天下，有的家庭欢乐生活，而广大人民愁容满面，过着衣不遮体、食不果腹的苦日子。

纸上得来终觉浅，绝知此事要躬行

出　处

陆游的《冬夜读书示子聿》

陆游，南宋著名诗人。字务观，号放翁。越州山阴（今浙江绍兴）人。一生笔耕不辍，今存九千多首，内容极为丰富。与王安石、苏轼、黄庭坚并称"宋代四大诗人"，又与杨万里、范成大、尤袤合称"南宋四大家"。

原　文

冬夜读书示子聿

古人学问无遗力[1]，少壮工夫老始成[2]。

纸上得来终觉浅[3]，绝知此事要躬行[4]。

注　释

1. 学问：指读书学习，就是学习的意思。遗：保留，存留。无遗力，用出全部力量，没有一点保留，不遗余力、竭尽全力。

2. 少壮：青少年时期。工夫：做事所耗费的时间。始：才。

3. 纸：书本。终：到底，毕竟。觉：觉得。浅：肤浅，浅薄，有限的。

4. 绝知：深入、透彻的理解。行：实践。躬行，亲身实践。

译　文

古人做学问是不遗余力的，往往要到老年才取得成就。

从书本上得来的知识，毕竟是不够完善的。如果想要深入理解其中的道理，必须要亲自实践才行。

赏　析

本诗着重强调了做学问的功夫要下在"哪里"，这也是做学问的诀窍，那就是不能满足于字面上的明白，而要躬行实践，在实践中古人做学问总是竭尽全力的，即使这样，也是从年轻开始就下苦功夫，直至老年方才有所成就。从书本上得到的知识终归是浅薄的，最终要想认识事物或事理的本质，必须依靠亲身的实践，深理解。只有这样才能把书本上的知识变成自己的实际本领。

王师北定中原日，家祭无忘告乃翁

出　处

陆游的《示儿》

陆游，南宋著名爱国诗人，字务观，号放翁，越州山阴（今浙江绍兴）人。

原　文

示儿[1]

死去元知万事空，但悲不见九州同[2]。

王师北定中原日，家祭无忘告乃翁。

注　释

1. 示儿：写给儿子们看。

2. 同：统一。

译　文

我本来知道，当我死后，所有的一切就都和我无关了；但唯一使我痛心的，就是我不能亲眼看到大宋的统一。

因此，当大宋军队收复中原失地的那一天到来之时，你们举行家祭，千万别忘了把这个好消息告诉你们的父亲！

赏　析

这是陆游爱国诗中的又一首名篇。陆游一生致力于抗金斗争，一直希望能收复中原。虽然频遇挫折，却仍然未改变初衷。从诗中可以领会到诗人的爱国激情是何等的执着、深沉、热烈、真挚！也凝聚着诗人毕生的心血，诗人始终如一地抱着收复失地的信念，对此具有必胜的信心。题目是《示儿》，相当于遗嘱。在短短的篇幅中，诗人披肝沥胆地嘱咐儿子，无比光明磊落，激动人心！浓浓的爱国之情跃然纸上。

归志宁无五亩园，读书本意在元元

出　处

陆游的《读书》

原　文

读书

归志宁无五亩园，读书本意在元元[1]。

灯前目力虽非昔，犹课蝇头二万言[2]。

注　释

1. 元元：指人民。前两句是说，离任回家难道还没有五亩田可以难持生活吗？"我"读书的目的本来就是为了人民。

2. 课：这里作阅读理解。蝇头：比喻字小得和苍蝇一般。这两句是说，在微弱的油灯下看书，眼睛已经大不如从前。但"我"每天仍然要阅读二万多如蝇头一样大小的字的书籍。

译　文

归老隐居的志向就算没有那五亩田园也不会改变，读书的本意在于黎明百姓。

在灯下读书，眼神已经不比从前，却还是规定自己要读完两万的蝇头小字。

赏 析

陆游是一个善于学习的人。他提倡"万卷虽多应具眼",又强调"诗思出门河处元"。他一生之中写出大量优秀的诗篇,是与他的好学上进分不开的。这首《读书》七绝,如同诗人的学习体会,既反映了诗人在年老时仍坚持苦学的情况,又表明了他学习是为平民百姓而并无他求的可贵精神。

本诗的一、二句,是在议论。在封建时代,能够提出"读书本意在元元",确实是可贵的。三、四句写实,尽管明白如话,浅显平淡,但是仔细琢磨,却浅中有深,平中有奇。"灯前目力虽非昔,犹课蝇头二万言",诗人在孤灯下,老眼昏花地阅读蝇头小字的场景,惟妙惟肖地刻画出来了,既是对自己生活的描写,也是对他人的告诫,寓意深远。

一树梅花一放翁

出 处

陆游的《梅花绝句·其一》

原 文

梅花绝句·其一

闻道梅花坼晓风[1],雪堆遍满四山中。

何方可化身千亿[2],一树梅花一放翁。

注 释

1. 坼晓风:(梅花)在晨风中开放。

2. 何方:有什么办法。千亿:指能变成千万个放翁(陆游,号放翁,字务观)。

译　文

听说山上的梅花已经迎着晨风绽开了，四周大山的山坡上一树树梅花似雪洁白。

有什么办法可以把我的身子也化为几千几亿个？让每一棵梅花树前都有一个陆游。

赏　析

此诗作于宁宗嘉泰二年，时年放翁七十八岁，闲居山阴。诗的前两句写梅花不畏严寒，笑迎晨风，纷繁似雪，遍开山中。后两句诗人用了一个奇特的设想，极表其爱梅之心：有什么方法能把自己化为千万个人，让每一枝梅花之前都有个放翁呢？吐语不凡。

山重水复疑无路，柳暗花明又一村

出　处

陆游的《游山西村》

原　文

游山西村

莫笑农家腊酒浑，丰年留客足鸡豚[1]。

山重水复疑无路，柳暗花明又一村。

箫鼓追随春社近，衣冠简朴古风存[2]。

从今若许闲乘月，拄杖无时夜叩门。

注　释

1. 足鸡豚：意思是准备了丰盛的菜肴。足，足够，丰盛。豚，小猪，此处代指肉。

2. 古风存：保留着淳朴的风俗。

译　文

不要笑农家腊月里酿的酒浊而又浑，在丰收的年景里待客菜肴非常丰富。

山峦重叠水流曲折正担心无路可走，柳绿花艳忽然眼前又出现一个山村。

吹着箫打起鼓春社的日子已经接近，村民们衣冠简朴古代风气仍然保存。

今后如果还能乘大好月色出外闲游，我一定拄着拐杖随时来敲你的家门。

赏　析

首联："莫笑农家腊酒浑，丰年留客足鸡豚。"描写丰收年景，农民热情好客的淳厚品行。

颔联："山重水复疑无路，柳暗花明又一村。"这两句描绘山村风光，被后世用来形容已陷入绝境，忽又出现转机。

颈联："箫鼓追随春社近，衣冠简朴古风存。"既写出春社欢快，又表现民风的淳朴可爱。

尾联："从今若许闲乘月，拄杖无时夜叩门。"写诗人乘月闲游，夜访村民。

本诗的名句"山重水复疑无路，柳暗花明又一村"，流畅绚丽、开朗明快，仿佛可以看到诗人在青翠可掬的山峦间漫步，清澈的山泉在曲折溪流中汩汩穿行，草木愈见浓茂，蜿蜒的山径也愈加难认。正在迷惘之际，突然看见前面花明柳暗，几间农家茅舍，隐现于花木扶疏之间，诗人顿觉豁然开朗。其喜形于色的兴奋之状，可以想见。

出师一表真名世，千载谁堪伯仲间

出　处

陆游的《书愤五首·其一》

原　文

书愤五首·其一

早岁那知世事艰，中垢北望气如山。

楼船夜雪瓜洲渡，铁马秋风大散关。

塞上长城空自许[1]，镜中衰鬓已先斑[2]。

出师一表真名世[3]，千载谁堪伯仲间[4]。

注　释

1. "塞上"句：意为作者徒然地自许为是"塞上长城"。塞上长城，比喻守边的将领。《南史·檀道济传》载，宋文帝要杀大将檀道济，檀临刑前怒叱道："乃坏汝万里长城！"

2. 衰鬓：年老而疏白的头发。斑：指黑发中夹杂了白发。

3. 出师一表：蜀汉后主建兴五年三月，诸葛亮出兵伐魏前曾写了一篇《出师表》，表达了自己"奖率三军，北定中原"，"兴复汉室，还于旧都"的坚强决心。名世：名传后世。

4. 堪：能够。伯仲：指兄弟间的次第。

译　文

年轻时就立志北伐中原，哪想到竟然是如此艰难。我常常北望那中原大地，热血沸腾啊怨气如山啊。

记得在瓜洲渡痛击金兵，雪夜里飞奔着楼船战舰。秋风中跨战马纵横驰骋，收复了大散关捷报频传。

想当初我自比万里长城，立壮志为朝廷扫除边患。到如今垂垂老鬓发如霜，盼北伐盼收复都成空谈。

不由人缅怀那诸葛孔明，出师表真可谓名不虚传，有谁像诸葛
亮鞠躬尽瘁，率三军复汉室北定中原！

赏　析

这是一首描写"悲愤"之情的诗歌，全诗紧扣一"愤"字，可
分为两部分。前半部分叙述早年决心收复失地的壮志雄心，后半部
分感叹时不再来，壮志难酬。

"早岁那知世事艰，中原北望气如山。"当时诗人亲临抗金战争
的第一线，北望中原，收复故土的豪情壮志，坚定如山。

"楼船夜雪瓜洲渡，铁马秋风大散关"二句，写宋兵在东南和西
北抗击金兵。

"塞上长城空自许，镜中衰鬓已先斑。"岁月不居，壮岁已逝，
志未酬而鬓先斑，这在赤心为国的诗人是日夜为之痛心疾首的。

"出师一表真名世，千载谁堪伯仲间！"尾联亦用典明志。诸葛
亮坚持北伐，虽"出师一表真名世"，但终归名满天下，"千载谁堪
伯仲间"。千百年来，无人可与相提并论。很明显，诗人用典意在贬
斥朝野上下主降的小人，表明自己收复中原之志亦将"名世"。诗人
在现实里找不到安慰，便只好将渴求慰藉的灵魂放到未来，这自然
是无奈之举。

全诗感情沉郁，气韵浑厚，彰显着他的爱国热情，饱含政治抱
负施展不得的悲愤感受。

出师一表通今古

出　处

陆游的《病起书怀》

原　文

病起书怀

病骨支离纱帽宽，孤臣万里客江干。

位卑未敢忘忧国，事定犹须待阖棺[1]。

天地神灵扶庙社[2]，京华父老望和銮。

出师一表通今古，夜半挑灯[3]更细看。

注　释

1. 阖棺：指死亡，此处意为盖棺定论。

2. 庙社：宗庙和社稷，以喻国家。

3. 挑灯：拨动灯火，点灯。亦指在灯下。

译　文

病体虚弱消瘦，以至头上的纱帽也显得宽大了，孤单一人客居在万里之外的成都江边。

虽然职位低微却从未敢忘记忧虑国事，但若想实现统一的理想，只有死后才能盖棺论定。

希望天地神灵保佑国家社稷，北方百姓都在日夜企盼着君主御驾亲征收复失落的河山。

诸葛孔明的传世之作《出师表》忠义之气万古流芳，深夜难眠，还是挑灯细细品读吧。

赏　析

此诗表现了诗人忧国忧民的爱国情怀，揭示了百姓与国家的血肉关系。"位卑未敢忘忧国"这一传世警句，是诗人内心的真实写照，也是历代爱国志士爱国之心的真实写照，这也是它能历久常新的原因所在。诗人想到自己一生屡遭挫折，壮志难酬，而年纪已大，自然有着深深的慨叹和感伤；但他在诗中说一个人盖棺方能论定，表明诗人对前途仍然充满希望。

夜阑卧听风吹雨，铁马冰河入梦来

出　处

陆游的《十一月四日风雨大作》

原　文

十一月四日风雨大作

僵卧孤村不自哀[1]，尚思为国戍轮台。

夜阑卧听风吹雨，铁马冰河[2]入梦来。

注　释

1. 不自哀：不为自己哀伤。
2. 冰河：冰封的河流，指北方地区的河流。

译　文

我直挺挺躺在孤寂荒凉的乡村里，没有为自己的处境而感到悲哀，心中还想着替国家防卫边疆。

夜深了，我躺在床上听到那风雨的声音，迷迷糊糊地梦见，自己骑着披着铁甲的战马跨过冰封的河流。

赏　析

这首诗是绍熙三年十一月陆游退居家乡山阴时所作，是年六十八岁。这首诗的大意是：我挺直地躺在孤寂荒凉的乡村里，自己并不感到悲哀，还想着替国家守卫边疆。夜深了，我躺在床上听到那风雨的声音，梦见自己骑着披着盔甲的战马跨过冰封的河流出征北方疆场。

同陆游的许多爱国诗篇一样，这首诗充满爱国豪情，大气磅礴，风格悲壮。

当时，金人南侵，宋朝丢失了半壁江山，诗人由于主张对金作战而被罢官回乡，僵卧孤村，失意之思，经历之悲，病体之痛，家国之愁，似乎已穿越时空，飘飘悠悠，在身边蔓延。然而，诗人并没有沉浸在悲愁中，诗人笔锋一转，写出了"僵卧孤村不自哀"，这"不自哀"三个字，便把个人之失，一己恩怨，小我之痛，暂且放在一边。是啊，山河破碎，家国沦陷，半壁江山处于金人的铁蹄之下，个人的得失又算得了什么呢？接着一句"尚思为国戍轮台，"一扫低落的情绪，磅礴之气，报国豪情便跃然纸上。

"夜阑卧听风吹雨，铁马冰河入梦来"道出在荒凉孤村的夜晚，听北风萧萧，淫雨洒落，铁马冰河只能在梦中相见，空有一腔抱负而不能施展，如此一来，家国之愁又多了一层，无法收复山河的惆怅又增添了几分，风雨飘摇中的南宋王朝似乎更加岌岌可危。

整首诗，作者的满腹愁绪就这样通过大气的笔触一一展现，现实的理想就这样借助厮杀的梦境去实现，没有卿卿我我，无病呻吟。就连自身的病痛，大自然的凄风苦雨，也在老而不衰的爱国激情中，在铁马冰河的梦想中，变轻变淡，最终成为一种似有若无的陪衬，使得整首诗洋溢着一种豪迈悲壮的风格，积极向上的人生态度，这种豪迈悲壮之情，积极向上的精神永远给人以鼓励和激励。

梅须逊雪三分白，雪却输梅一段香

出　处

卢梅坡的《雪梅》

卢梅坡，宋代诗人。生卒年不详。"梅坡"不是他的名字，他自号梅坡。

原　文

雪梅

梅雪争春未肯降[1]，骚人阁笔费评章[2]。

梅须逊雪三分白，雪却输梅一段香。

注　释

1. 降：服输。

2. 骚人：诗人。阁笔：放下笔。阁，同"搁"，放下。评章：评议的文章，这里指评议梅与雪的高下。

译　文

梅花和雪花都认为各自占尽了春色，谁也不肯服输。难坏了写评判文章的人。

说句公道话，梅花须逊让雪花三分晶莹洁白，雪花却输给梅花一段清香。

赏　析

在古代，雪、梅都是报春的使者，亦是冬去春来的象征。但在诗人卢梅坡的笔下，二者却为争春发生了"摩擦"，都认为各自占尽了春色，装点了春光，而且谁也不肯相让。这种写法，实在是新颖别致、出人意料。诗的后两句巧妙地托出二者的长处与不足：梅不如雪白，雪没有梅香，回答了"骚人阁笔费评章"的原因，也道出了雪、梅各执一端的根据。读完全诗，我们似乎可以看出作者写这首诗是意在言外的：借雪梅的争春，告诫我们人各有所长，也各有所短，要有自知之明。取人之长，补己之短，才是正理。这首诗既有情趣，也有理趣，值得咏思。

一枝红杏出墙来

出　处

叶绍翁的《游园不值》

叶绍翁，南宋文学家、诗人。字嗣宗，号靖逸，龙泉（今浙江龙泉）人。著有诗集《靖逸小稿》《靖逸小稿补遗》，其诗语言清新，意境高远，属江湖诗派风格。

原　文

游园不值[1]

应怜屐齿[2]印苍苔，小扣柴扉[3]久不开。

春色满园关不住，一枝红杏出墙来。

注　释

1. 游园不值：想游园没能进门。值，遇到。不值，没得到机会。
2. 屐齿：屐是木鞋，鞋底前后都有高跟，叫屐齿。
3. 柴扉：用木柴、树枝编成的门。

译　文

也许是园主人担心我的木屐踩坏他的青苔，轻轻地敲柴门，久久没有人来开。

可是这满园的春色毕竟是关不住的，你看，那儿有一枝粉红色的杏花伸出墙来。

赏　析

这首小诗写诗人春日游园观花的所见所感，写得十分形象而又富有理趣。

头两句"应怜屐齿印苍苔，小扣柴扉久不开"，交代作者访友不遇，园门紧闭，无法观赏园内的春花。但写得很幽默风趣，说大概是园主人爱惜园内的青苔，怕我的屐齿在上面留下践踏的痕迹，所以"柴扉"久敲不开。将主人不在家，故意说成主人有意拒客，这是为了给下面的诗句做铺垫。由于有了"应怜屐齿印苍苔"的设想，才引出后两句更新奇的想象：虽然主人紧闭园门，好像要把春色关在园内独赏，但"春色满园关不住，一枝红杏出墙来"。这后两句诗形象鲜明，构思奇特，"春色"和"红杏"都被拟人化，不仅景中含情，而且景中寓理，能引起读者许多联想，受到哲理的启示："春色"是关锁不住的，"红杏"必然要"出墙来"宣告春天的来临。同样，一切新生的美好的事物也是封锁不住、禁锢不了的，它必能冲破任何束缚，蓬勃发展。

宁可枝头抱香死，何曾吹落北风中

出　处

郑思肖的《寒菊》

郑思肖，宋末诗人、画家，连江（今福建省福州市连江县）人。宋亡后改名思肖，因肖是宋朝国姓赵的组成部分。字忆翁，表示不忘故国；号所南，日常坐卧，要向南背北。

原　文

寒菊

花开不并百花丛，独立疏篱[1]趣未穷。
宁可枝头抱香死[2]，何曾吹落北风中。

注　释

1. 疏篱：稀疏的篱笆。
2. 抱香死：菊花凋谢后不落，仍系枝头而枯萎，所以说抱香死。

译　文

你在秋天盛开，从不与百花为丛。独立在稀疏的篱笆旁边，你的情操意趣并未衰穷。

宁可在枝头上怀抱着清香而死，也绝不吹落于凛冽北风之中！

赏　析

这是一首赞颂菊花的诗，与一般的赞菊诗不同，它没有赞颂菊花的不俗不艳、不媚不屈，而是托物言志，深深地隐含了诗人的人生遭遇与理想追求，是一首有特定生活内涵的菊花诗。

当然，要了解这首诗的思想内涵，先了解这首诗的写作背景。本诗作者郑思肖，南宋末为太学上舍，曾应试博学鸿词科。元兵南下，郑思肖忧国忧民，上疏直谏，痛陈抗敌之策，被拒不纳。郑思肖痛心疾首，孤身隐居苏州，终身未娶。宋亡后，他改字忆翁，号所南，以示不忘故国。他还将自己的居室题为"本穴世界"，拆字组合，将"本"字之"十"置于"穴"中，隐寓"大宋"二字。他善画墨兰，宋亡后画兰都不画土，人问其故，答曰："地为人夺去，汝犹不知耶？"郑思肖自励节操，忧愤坚贞，令人泪下！他颂菊以自喻，这首《寒菊》倾注了他的血泪和生命！

"花开不并百花丛，独立疏篱趣未穷"这两句咏菊诗，是人们对菊花的共识。菊花不与百花同时开放，它是不随俗不媚时的高士。"宁可枝头抱香死，何曾吹落北风中"这两句进一步写菊花宁愿枯死枝头，也决不被北风吹落的高洁之志，描绘了傲骨凌霜、孤傲绝俗的菊花，表示自己坚守高尚节操，宁死不肯向元朝投降的决心。这是郑思肖独特的感悟，是他不屈不移、忠于故国的誓言。

宋代诗人对菊花枯死枝头的咏叹，已成不解的情结，这当然与南宋偏安有关。陆游在《枯菊》中有"空余残蕊抱枝干"的诗句，朱淑贞在《黄花》中有"宁可抱香枝上老，不随黄叶舞秋风"的诗句。从形象审美的完整程度和政治指向的分明来看，都略逊于郑思肖的这两句诗。

"枝头抱香死"比"抱香枝上老"更为痛切悲壮，且语气磅礴誓无反顾。"何曾吹落北风中"和"不随黄叶舞秋风"相较，前者质询，语气坚定；后者陈述，一个"舞"字带来了些许佻达的情调，与主题略显游离。更重要的是，前者点出"北风"，分明指向起于北方的元朝，反抗之情，跃然纸上。

未必素娥无怅恨，玉蟾清冷桂花孤

出　处

晏殊的《中秋月》

晏殊，宋著名词人、诗人、散文家。字同叔。北宋临川人。他生平著作相当丰富，计有文集一百四十卷，主要作品有《珠玉词》《类要》等。

原　文

中秋月

十轮霜影转庭梧，此夕羁人独向隅。

未必素娥[1]无怅恨，玉蟾[2]清冷桂花孤。

注　释

1. 素娥：指嫦娥。
2. 玉蟾：月亮的别称。

译 文

中秋月圆，月光洒在庭院中，院中梧桐树影婆娑，我一人羁旅异乡，节日里看这月亮下的树影，时间缓缓过去，影子不知不觉地移动着。

遥看天上明月，想那月宫中的婵娟，现在也未尝不感到遗憾吧，陪伴她的，毕竟只有那清冷的月亮和孤寂的桂树。

赏 析

这是一首描写乡愁的诗歌。读来给人一种冷清的感觉，完全没有喧嚣尘世之感。其笔法清新自然，但读来又给人一丝幽怨之感。

诗中的"霜影"即"月影"，"十轮"是因为月光筛过梧桐影，落在地面就在叶影间成像，影像在不知不觉间移动着。银河泻影，佳节又中秋，月光柔柔地落满院中梧桐。而如此良夜我却羁旅他乡，一个人孤独地站在角落，无法团圆，心中甚是孤寂和落寞。后两句"未必素娥无怅恨，玉蟾清冷桂花孤"，更平添了冷清和惆怅。

吹面不寒杨柳风

出 处

志南的《绝句》

志南，南宋诗僧。志南是其法号，生平不详。代表诗作有《绝句》。

原 文

绝句

古木阴中系短篷，杖藜[1]扶我过桥东。

沾衣欲湿杏花雨，吹面不寒杨柳风[2]。

注　释

1. 杖藜："藜杖"的倒文。藜，一年生草本植物，茎秆直立，可做拐杖。

2. 杨柳风：古人把应花期而来的风，称为花信风。从小寒到谷雨共二十四候，每候应一种花信，总称"二十四花信风"。其中清明节尾期的花信是柳花，或称杨柳风。

译　文

我在高大的古树荫下拴好了小船；拄着拐杖，走过小桥，恣意欣赏这美丽的春光。

丝丝细雨，淋不湿我的衣衫；它飘洒在艳丽的杏花上，使花儿更加灿烂。阵阵微风，吹着我的脸已不使人感到寒冷；它舞动着嫩绿细长的柳条，格外轻飏。

赏　析

这首小诗，写诗人在微风细雨中拄杖春游的乐趣。诗前两句叙事，写年老的诗人，驾着一叶小舟，停泊到古树荫下，他上了岸，拄着拐杖，走过了一座小桥，去欣赏眼前无边的春色。诗人拄杖春游，却说"杖藜扶我"，是将藜杖拟人化了，仿佛它是一位可以依赖的游伴，默默无言地扶人前行，给人以亲切感、安全感，使这位老和尚游兴大涨，欣欣然通过小桥，一路向东。桥东和桥西，风景未必有很大差别，但对春游的诗人来说，向东向西，意境和情趣却颇不相同。"东"，有些时候便是"春"的同义词，譬如春神称作东君，东风专指春风。诗人过桥东行，正好有东风迎面吹来，无论西行、北行、南行，都没有这样的诗意。

次两句通过自己的感觉来写景物。眼前是杏花盛开，细雨绵绵，杨柳婀娜，微风拂面。诗人不从正面写花草树木，而是把春雨春风与杏花、杨柳结合，展示神态，重点放在"欲湿""不寒"二词上。

"欲湿"，表现了蒙蒙细雨似有若无的情景，又暗表细雨滋润了云蒸霞蔚般的杏花，花显得更加娇妍红晕。"不寒"二字，点出季节，说春风扑面，带有丝丝暖意，连缀下面风吹动细长柳条的轻盈多姿场面，越发表现出春的宜人。这样表达，使整个画面色彩缤纷，充满着勃勃生气。诗人扶杖东行，一路红杏灼灼，绿柳翩翩，细雨沾衣，似湿而不见湿，和风迎面吹来，不觉有一丝寒意，这是惬意的春日远足。

国亡身殒今何有，只留离骚在世间

出　处

张耒的《和端午》

张耒，宋朝文学家，擅长诗词，为"苏门四学士"之一。《全宋诗》中有他的多篇作品。

原　文

和端午

竞渡深悲千载冤，忠魂一去讵¹能还。

国亡身殒²今何有，只留离骚在世间。

注　释

1. 讵：岂，表示反问。
2. 殒：死亡。

译　文

龙舟竞赛为的是深切悲念屈原的千古奇冤，忠烈之魂一去千载哪里还能回还啊？

国破身死现在还有什么呢？唉！只留下千古绝唱之《离骚》在人世间了！

赏　析

　　本诗凄清悲切、情意深沉。此诗从端午竞渡写起，看似简单，实则意蕴深远，因为龙舟竞渡是为了悲悼屈原的千载冤魂。但"忠魂一去讵能还"又是无限的悲哀与无奈。同时，又有着"风萧萧兮易水寒，壮士一去兮不复还"的悲壮和慷慨，它使得全诗的意境直转而上、宏阔高远。于是三、四两句便水到渠成、一挥而就。虽然"国亡身殒"，灰飞烟灭，但那光照后人的爱国精神和彪炳千古的《离骚》绝句却永远不会消亡。

双飞燕子几时回？夹岸桃花蘸水开

出　处

　　徐俯的《春游湖》

　　徐俯，宋朝官员。字师川，自号东湖居士。江西派著名诗人。

原　文

春游湖

　　双飞燕子几时回？夹岸桃花蘸水[1]开。

　　春雨断桥人不度[2]，小舟撑出柳阴来。

注　释

　　1. 蘸水：贴着水面开放。湖中水满，岸边桃树的枝条垂下来碰到水面，桃花好像是蘸着水开放。

　　2. 度：通"渡"，指走过。

译　文

　　一对对燕子，你们什么时候飞回来的？小河两岸桃树的枝条浸在水里，鲜红的桃花已经开放。

　　下了几天雨，河水涨起来淹没了小桥，人不能过河，这时候，一叶小舟从柳荫下缓缓驶出。

赏　析

　　燕子来了，象征着春天的来临。诗人看到了燕子，马上产生了春天到来的喜悦，不禁突然一问："双飞的燕子啊，你们是几时回来的?"这一问问得很好，从疑问的语气中表达了当时惊讶和喜悦的心情。再放眼一看，果然春天来了，湖边的桃花盛开，鲜红似锦。似是沾着水面。但桃花不同于柳树，它的枝叶不是丝丝下垂的，是不能蘸水的。因为春天多雨，湖水上升，距花枝更近了。桃花倒影映在水中，波光荡漾，岸上水中的花枝连成一片，远处望见，仿佛蘸水而开，这景色美极了。诗人在漫长的湖堤上游春，许许多多动人的景色迎面而来，诗人只选一处：就在春雨把桥面淹没了的地方。一条小溪上面，平常架着小木桥。雨后水涨，小桥被淹没，走到这里，就过不去了。对称心快意的春游来说，是一个莫大的挫折。可是凑巧得很，柳荫深处，悠悠撑出一只小船来，这就可以租船摆渡，继续游赏了。经过断桥的阻碍，这次春游更富有情趣了。

　　诗人善于抓住事物的本质来加以表现，通过燕子归来、桃花盛开，描绘出春日湖光美景，通过春雨断桥，小舟摆渡来突出湖水上涨的特点。

　　这首诗后两句尤为著名。由桥断而见水涨，由舟小而见湖宽。充分体现了中国诗歌艺术的两个重要审美特点：一是写景在秀丽之外须有幽淡之致。桃花开、燕双飞，固然明媚，但无断桥，便少了逸趣；二是以实写虚，虚实相生。小舟撑出柳荫，满湖春色已全然托出。

元
明
清
诗

　　元、明、清时期的诗歌，其艺术成就虽难与唐诗相较，但其作为诗歌史之组成部分，仍然有其特色，为中国诗歌艺术的发展，同样做出了贡献。元、明、清三代历时既久，诗人诗作难以计数。本章从中选录若干，自然难免挂一漏万。但通过对三代诗歌的匆匆巡礼，把握其发展脉络，也是一件有益的事情。

一时人物风尘外，千古英雄草莽间

出　处

萨都剌的《越台怀古》

萨都剌，元代诗人、画家、书法家。字天锡，号直斋。其先世为西域人，出生于雁门（今山西代县），泰定四年进士。萨都剌善绘画，精书法，尤善楷书。有虎卧龙跳之才，人称雁门才子。他的文学创作，以诗歌为主，诗词内容，多以游山玩水、归隐赋闲、慕仙礼佛、酬酢应答之类为主。

原　文

越台¹怀古

越王故国四围山，云气犹屯虎豹关。

铜兽暗随秋露泣，海鸦多背夕阳还。

一时人物风尘²外，千古英雄草莽间。

日暮鹧鸪啼更急，荒台丛竹雨斑斑。

注　释

1. 越台：在今福建闽侯县冶山上，汉闽越王无诸曾在冶山前建都城，开辟闽疆，是福建历史上的第一个重要人物。此诗为作者在福建任闽海廉访知事时作。

2. 风尘：此处指污浊的场合，即指官场、腐朽的上层社会。

译　文

当年的闽越国古都四周层峦叠嶂连绵起伏；远处突兀险峻的山中云气蒸腾，依然笼罩着虎豹雄关。

近处废殿颓宫门环上的铜兽，在萧瑟凄清的秋风中蒙霜含露。海面上暮鸦点点背驮夕阳向眼前飞还。

历史上一时声名显赫的风流人物，已随时间的烟尘湮没于九霄云外。

而那些兴起于艰难困苦的底层社会开疆辟国、建功立业的真正英雄却流芳千古。

赏　析

本诗是作者在福建任闽海廉访知事时作。越台在福建闽侯县冶山上，汉闽越王曾在冶山前建都城，故冶山又称越王山。本诗通过怀念汉闽越王，生发了不少感慨，寄托了作者壮志难酬、抑郁不舒的苦闷。但全诗情景交融，语言苍劲，体现了他的怀古诗慨叹深沉的一贯特色。

诗中名句"一时人物风尘外，千古英雄草莽间"一联最为动人。一时人物，指一个时代的杰出人物；风尘，此处指污浊的场合，即指官场、腐朽的上层社会；与"风尘"相对的是"草莽"，即民间，指被上流社会看不起的底层社会。两句的意思非常明白，一个时代的英雄人物，多被排斥在官场之外，而多生长在民间——语气中也暗含讽刺：上层社会腐朽、污秽，已不可能诞生或容纳杰出人才了，真正的千古英豪，一定出于民间。

且教桃李闹春风

出　处

元好问的《同儿辈赋未开海棠》

元好问，金元之际诗人，系出北魏鲜卑族拓跋氏，元好问过继给叔父元格。字裕之，号遗山，太原秀容（今山西忻州）人。

原　文

同儿辈赋未开海棠[1]

枝间新绿一重重，小蕾深藏数点红。

爱惜芳心[2]莫轻吐，且教桃李闹春风[3]。

注　释

1. 同儿辈赋未开海棠：和儿女们一起做关于还没开放的海棠花的诗。

2. 芳心：原指年轻女子的心。这里一语双关，一指海棠的花芯，二指儿辈们的心。

3. 闹春风：在春天里争妍斗艳。

译　文

海棠枝间新长出的绿叶层层叠叠的，小花蕾隐匿其间微微泛出些许的红色。

一定要爱惜自己那芳香的心，不要轻易地盛开，姑且让桃花李花在春风中尽情绽放吧！

赏　析

海棠花比桃花、李花开得晚，而且花朵红白相间，色彩淡雅，深藏在浓密的绿叶之中，并不起眼，不像桃花、李花那样，在春天争相开放，吸引人们的眼球。诗人通过对海棠的描述，赞美海棠洁身自爱，甘于清静的品性。

海棠，开放略晚，先叶后花。当那嫩绿的叶片重重叠起的时候，它的花蕾才刚刚绽裂花萼，露出花瓣的点点鲜红。作者所赋的就是这时的海棠。但赞的却是其矜持高洁，不趋时，不与群芳争艳的品性。这亦是作者自己精神的写照。

另外，作者以一首海棠诗暗示、告诫自己的儿女们要稳重行事，要像海棠一样不轻易显露自己的芳心，保持自己内心的纯洁。

不要人夸颜色好，只留清气满乾坤

出　处

王冕的《墨梅》

王冕，元代诗人、文学家、书法家、画家。字元章，号煮石山农，浙江诸暨人。出身农家，幼年丧父，学识深邃，能诗，青团墨梅。著有《竹斋集》《墨梅图题诗》等

原　文

墨梅

吾家洗砚池头树，朵朵花开淡墨[1]痕。

不要人夸颜色好，只留清气满乾坤[2]。

注　释

1. 淡墨：水墨画中将墨色分为四种，即清墨、淡墨、浓墨、焦墨。这里是说那朵朵盛开的梅花，是用淡淡的墨迹点化成的。

2. 满乾坤：弥漫在天地间。满，弥漫。乾坤，天地间。

译　文

我家洗砚池边有一棵梅树，朵朵开放的梅花都显出淡淡的墨痕。

不需要别人夸它的颜色好看，只需要梅花的清香之气弥漫在天地之间。

赏　析

这是一首题画诗。墨梅就是水墨画的梅花。诗人赞美墨梅不求人夸，只愿给人间留下清香的美德，实际上是借梅自喻，表达自己对人生的态度以及不向世俗献媚的高尚情操。

开头两句"吾家洗砚池头树，朵朵花开淡墨痕"直接描写墨梅。小池边的梅树，花朵盛开，朵朵梅花都是用淡淡的墨水点染而成的。

"洗砚池"，化用王羲之"临池学书，池水尽黑"的典故。诗人与晋代书法家王羲之同姓，故说"我家"。

三、四两句盛赞墨梅的高风亮节。它由淡墨画成，外表虽然并不娇艳，但具有神清骨秀、高洁端庄、幽独超逸的气质；它不想用鲜艳的色彩去吸引人，讨好人，求得人们的夸奖，只愿散发一股清香，让它留在天地之间。这两句正是诗人的自我写照。王冕自幼家贫，白天放牛，晚上到佛寺长明灯下苦读，终于学得满腹经纶，而且能诗善画，多才多艺。但他屡试不第，又不愿巴结权贵，于是绝意功名利禄，归隐浙东九里山，作画易米为生。"不要人夸颜色好，只留清气满乾坤"两句，表现了诗人鄙薄流俗、独善其身、孤芳自赏的品格。

但愿苍生俱饱暖，不辞辛苦出山林

出　处

于谦的《咏煤炭》

于谦，明代诗人、文学家。字廷益，号节庵。钱塘（今浙江杭州）人。官至少保，世称于少保。因参与平定汉王朱高煦谋反有功，得到明宣宗器重，担任明朝山西河南巡抚。天顺元年因"谋逆"罪被冤杀，著有《于忠肃集》。

原　文

咏煤炭

凿开混沌得乌金，蓄藏阳和意最深[1]。

爝火燃回春浩浩，洪炉照破夜沉沉。

鼎彝元赖生成力，铁石犹存死后心。

但愿苍生[2]俱饱暖，不辞辛苦出山林。

注　释

1. 意最深：有深层的情意。

2. 苍生：老百姓。

译　文

凿开混沌之地层，获得乌金是煤炭。蕴藏无尽之热力，心藏情义最深沉。

融融燃起之炬火，浩浩犹如是春风。熊熊洪炉之烈焰，照破沉灰色的天。

钟鼎彝器之制作，全赖生成是原力。铁石虽然已死去，仍然保留最忠心。

只是希望天下人，都是又饱又暖和。不辞辛劳不辞苦，走出荒僻山和林。

赏　析

这首咏物诗，作者以煤炭自喻，托物明志，表现其为国为民的抱负，于写物中结合咏怀。

第一联：咏煤炭点题。

第二联：正面抒怀，说这里蕴藏着治国安民的阳和布泽之气。"意最深"，特别突出此重点的深意。"春浩浩"承接"阳和"，"照破夜沉沉"，对照着写，显示除旧布新的力量。古人称庙堂宰相为鼎鼐，这里说宰相的作为，有赖于其人具有生成万物的能力，仍从煤炭的作用方面比喻。

第三联："铁石"句表示坚贞不变的决心，也正是于谦人格的写照。

第四联："但愿苍生俱饱暖"，从煤炭进一步生发，即杜甫广厦万间大庇天下寒士之意而扩大之。末句绾结到自己出山济世，一切艰辛在所甘心历之的本意，即托物言志。

前四句描写煤炭的形象，写尽煤炭一生。后四句有感而发，抒发诗人为国为民、竭尽心力的情怀。全诗以物喻人，托物言志。诗人一生忧国忧民，以兴国为己任。其志向在后四句明确点出，其舍己为公的心志在后两句表现得尤为明显。综合全诗，诗人在诗中表达了这样的志向：铁石虽然坚硬，但依然存有为国为民造福之心，即使历尽千辛万苦，他也痴心不改，不畏艰难，舍身为国为民效力。

粉身碎骨浑不怕，要留清白在人间

出　处

于谦的《石灰吟》

原　文

石灰吟

千锤万凿出深山，烈火焚烧若等闲[1]。

粉身碎骨浑不怕，要留清白[2]在人间。

注　释

1. 若等闲：好像很平常的事。若，好像，好似。等闲，平常，轻松。

2. 清白：指石灰洁白的本色，比喻高尚的节操。

译　文

（石头）只有经过多次撞击才能从山上开采出来。它把烈火焚烧看成平平常常的事，即使粉身碎骨也毫无惧色，只要把一身清白留在人间。

赏　析

这是一首托物言志诗。作者以石灰做比喻，表达自己为国尽忠，不怕牺牲的意愿和坚守高洁情操的决心。

首句"千锤万凿出深山"是形容开采石灰石很不容易。次句"烈火焚烧若等闲"。"烈火焚烧",是指烧炼石灰石。加"若等闲"三字,又使人感到不仅是在写烧炼石灰石,它还象征着志士仁人无论面临着怎样严峻的考验,都从容不迫,视若等闲。第三句"粉身碎骨浑不怕"。"粉身碎骨"极形象地写出将石灰石烧成石灰粉,而"浑不怕"三字又寓有不怕牺牲的精神。至于最后一句"要留清白在人间"更是作者在直抒情怀,立志要做纯洁清白的人。

于谦为官廉洁正直,曾平反冤狱,救灾赈荒,深受百姓爱戴。明英宗时,瓦剌入侵,明英宗被俘。于谦议立明景帝,亲自率兵固守北京,击退瓦剌军,使人民免遭蒙古贵族的残酷统治。但英宗复辟后却以"谋逆罪"诬杀了这位英雄。这首《石灰吟》可以说是于谦生平和人格的真实写照。

落红不是无情物,化作春泥更护花

出　处

龚自珍的《己亥杂诗·其五》

龚自珍,清代思想家、诗人、文学家和改良主义的先驱。字璱人,号定庵。著有《定庵文集》,留存文章三百余篇,诗词近八百首,今人辑为《龚自珍全集》。著名诗作《己亥杂诗》共三百五十首。多咏怀和讽喻之作。

原　文

己亥杂诗·其五

浩荡离愁白日斜,吟鞭[1]东指即天涯。
落红[2]不是无情物,化作春泥更护花。

注　释

1. 吟鞭:马鞭。

2. 落红：落花。花朵以红色者为尊贵，因此落花又称为落红。

译　文

浩浩荡荡的离别愁绪向着日落西斜的远处延伸，离开北京，马鞭向东一挥，感觉人在天涯。

我辞官归乡，有如从枝头上掉下来的花，但它却不是无情之物，化成了春天的泥土，还能起培育下一代的作用。

赏　析

这首诗是《己亥杂诗》的第五首，写诗人离京的感受。虽然载着"浩荡离愁"，却表示仍然要为国为民尽自己最后一份心力。

诗的前两句抒情叙事，在无限感慨中表现出豪放洒脱的气概。一方面，离别是忧伤的，毕竟自己寓居京城多年，朋友如云，往事如烟；另一方面，离别是轻松愉快的，毕竟自己逃出了令人桎梏的樊笼，可以另有一番作为。这样，离别的愁绪就和回归的喜悦交织在一起，既有"浩荡离愁"，又有"吟鞭东指"；既有白日西斜，又有广阔天涯。这两个画面互为映衬，是诗人当日心境的真实写照。

"落红不是无情物，化作春泥更护花"诗人笔锋一转，由抒发离别之情转入抒发报国之志，并反用陆游的词"零落成泥碾作尘，只有香如故。"落红，本指脱离花枝的花，但是，并不是没有感情的，即使化作春泥，也甘愿培育美丽的春花。不为独香，而为护花。表现诗人虽然脱离官场，依然关心着国家的命运，不忘报国之志，以此来表达他至死仍牵挂国家的一腔热情；充分表达诗人的壮怀，成为传世名句。

这首小诗将政治抱负和个人志向融为一体，将抒情和议论有机结合，形象地表达了诗人复杂的情感。龚自珍论诗曾说"诗与人为一，人外无诗，诗外无人"，他自己的创作就是最好的证明。

不拘一格降人才

出　处

龚自珍的《己亥杂诗·其一百二十五》

原　文

己亥杂诗·其一百二十五

九州生气恃风雷，万马齐喑¹究可哀。

我劝天公重抖擞，不拘一格降²人才。

注　释

1. 万马齐喑：比喻社会毫无生气。喑，沉默，不说话。

2. 降：降生，降临。

译　文

只有狂雷炸响般的巨大力量才能使中国大地发出勃勃生机，然而社会毫无生气终究是一种悲哀。

我奉劝上天要重新振作精神，不要拘泥一定规格以降下更多的人才。

赏　析

这是一首政治诗。全诗层次分明，共分三个层次：第一层，写了万马齐喑，朝野噤声的死气沉沉的现实社会。第二层，作者指出了要改变这种沉闷、腐朽的现状，就必须依靠风雷激荡般的巨大力量。暗喻必须经历波澜壮阔的社会变革才能使中国变得生机勃勃。第三层，作者认为这样的力量来源于人才，而朝廷所应该做的就是破格荐用人才，只有这样，中国才有希望。诗中用"九州""风雷""万马""天公"这样的具有壮伟特征的主观意象，寓意深刻，气势磅礴。

诗的前两句用了两个比喻，写出了诗人对当时中国形势的看法。

"万马齐喑"比喻在腐朽、残酷的反动统治下，思想被禁锢，人才被扼杀，到处是昏沉、庸俗、愚昧，一片死寂、令人窒息的现实状况。"风雷"比喻新兴的社会力量，比喻尖锐猛烈的改革。从大处着眼、整体着眼，具有大气磅礴、雄浑深邃的气势。诗的后两句，"我劝天公重抖擞，不拘一格降人才"是传诵的名句。诗人用奇特的想象表现了他热烈的希望，他期待着优秀杰出人物的涌现，期待着改革大势形成新的"风雷"、新的生机，一扫九州沉闷和迟滞的局面，既揭露矛盾、批判现实，更憧憬未来、充满理想。它独辟蹊径，别开生面，呼唤着变革，呼唤未来。

江山代有才人出，各领风骚数百年

出　处

赵翼的《论诗五首·其二》

赵翼，清代文学家、史学家、诗人。字云崧，一字耘崧，号瓯北，又号裘萼，晚号三半老人，汉族，江苏阳湖（今江苏省常州市武进区）人。长于史学，五、七言古诗中有些作品嘲讽理学，隐寓对时政的不满之情。

原　文

论诗五首·其二

李杜诗篇万口传，至今已觉不新鲜。

江山代有才人[1]出，各领风骚[2]数百年。

注　释

1. 才人：有才情的人。

2. 风骚：指《诗经》中的"国风"和屈原的《离骚》。后来把关于诗文写作叫"风骚"。这里指在文学上有成就的"才人"的崇高地位和深远影响。

译　文

　　李白和杜甫的诗篇曾经被成千上万的人传诵，现在读起来感觉已经没有什么新意了。

　　国家代代都有很多有才情的人，他们的诗篇文章以及人气都会流传数百年（流芳百世）。

赏　析

　　第一、二句诗人指出，即使是李白、杜甫这样伟大的诗人，他们的诗篇也有历史局限性。第三、四句诗人呼唤创新意识，希望诗歌写作要有时代精神和个性特点，大胆创新，反对沿袭守旧。

　　其诗中的名句"江山代有才人出，各领风骚数百年"，常被后人引用，以此来赞美人才辈出，或表示新一代的崛起，就如滚滚长江，无法阻拦。

千磨万击还坚劲，任尔东西南北风

出　处

　　郑板桥的《竹石》

　　郑板桥，清代画家、文学家。名燮，字克柔，汉族，江苏兴化人。一生主要客居扬州，以卖画为生。"扬州八怪"之一。其诗、书、画均旷世独立，世称"三绝"，擅画兰、竹、石、松、菊等植物，其中画竹已五十余年，成就最为突出。著有《板桥全集》。

原　文

竹石

咬定青山不放松，立根原在破岩[1]中。

千磨万击[2]还坚劲，任尔东西南北风。

注　释

1. 破岩：裂开的山岩，即岩石的缝隙。
2. 千磨万击：指无数的磨难和打击。

译　文

紧紧咬定青山不放松，原本深深扎根石缝中。

千磨万击身骨仍坚劲，任凭你刮东西南北风。

赏　析

这首诗着力表现了竹子那顽强而又执着的品质 。是一首赞美岩竹的题画诗，也是一首咏物诗。开头用"咬定"二字，把岩竹拟人化，已传达出它的神韵和它顽强的生命力；后两句进一步写岩竹的品格，它经过了无数的磨难，才长就了一身挺拔的身姿，而且从来不畏惧来自东西南北的狂风的击打。郑燮不但写咏竹诗美，而且画出的竹子也栩栩如生，他笔下的竹子竹竿很细，竹叶着色不多，却青翠欲滴，全用水墨，更显得高标挺立，特立独行。所以这首诗表面上是写竹，实际上是写人，写作者自己那种正直、刚正不阿、坚强不屈的性格，决不向任何邪恶势力低头的高风傲骨。

些小吾曹州县吏，一枝一叶总关情

出　处

郑板桥的《潍县署中画竹呈年伯包大中丞括》

原　文

潍县署中画竹呈年伯包大中丞括[1]

衙斋卧听萧萧竹，疑是民间疾苦声。

些小吾曹州县吏，一枝一叶总关情。

注　释

1. 年伯：古时称同榜考取的人为同年，称同年的父辈为年伯。包大中丞括：包括，字银河，钱塘（今浙江杭州市）人，清康熙四十五年（1706 年）进士。乾隆年间，曾任山东布政使，署理巡抚，故称"中丞"。

译　文

在书斋躺着休息时，听见风吹竹叶发出的萧萧声，

立即想到百姓啼饥号寒的怨声。

我们虽然只是小小的州县官吏，

但是老百姓的一举一动都牵动着我们的心。

赏　析

这首诗是郑板桥在乾隆十一、二年间出任山东潍县知县时赠给包括的。一、二句托物取喻。三、四两句畅述胸怀。"此小吾曹州县吏"，既是写自己，又是写包括，可见为民解忧的应该是所有的"父母官"，这句诗拓宽了诗歌的内涵。第四句"一枝一叶总关情"，这句诗既照应了风竹画和诗题，又寄予了深厚的感情，老百姓的点点滴滴都与"父母官"们紧紧地联系在一起！郑板桥的这首诗，由风吹竹摇之声而联想到百姓的生活疾苦，表达了作者对百姓命运的深切的关注和同情，一个封建时代的官吏，对劳动人民有如此深厚的情感，确实是十分可贵的。